La Elegida

Thea Harrison

De Thea Harrison, autora bestseller del *New York Times* y *USA Today*…

Un Lobo a la caza…

Wulfgar Hahn, más conocido como el Lobo de Braugne, es un hombre con una misión. Decidido a vengar la muerte de su hermano, se detiene en la Abadía Camaeline para ver a la Elegida de Camael, diosa del hogar. Desgraciadamente, parece que la Elegida no quiere saber nada de él.

Una lideresa de incógnito…

Cautivada a su pesar por el Lobo de Braugne, Lily se hace pasar por una sacerdotisa corriente para descubrir algo más sobre aquel hombre implacable. Pero las cosas no son lo que parecen, y después de frustrar un intento de asesinato, Lily tiene que decidir si Wulf es el destructor de sus visiones o el héroe de sus sueños.

Una decisión…

Con la guerra acechando en el horizonte, brota entre ellos la pasión, pero una relación duradera entre un soldado en campaña y una lideresa que venera el hogar es imposible. ¿O quizá no? Los dioses y diosas de las Razas Ancianas bailan entre los remolinos de nieve de la Mascarada de invierno, y el amor encontrará su camino…

Capítulo Uno

E L VIENTO DE invierno transportaba magia.

Cuando Lily cruzó la pesada puerta forrada de hierro y salió al porche resbaladizo, el viento tiró de un mechón de su cabello. Respiró hondo. El aire era frío y húmedo, y el olor salobre del mar llenó sus fosas nasales.

Margot y las demás del grupo la siguieron, agrupándose en busca de calor.

En la Abadía Camaeline, las sacerdotisas se turnaban para mantener una red de protección constante sobre las personas que se habían refugiado allí, y también sobre toda la isla. Camael era la diosa del hogar y la abadía estaba llena de luz, de calor, de compañerismo y de consuelo.

Dentro, la magia parecía poco más que un fastidio.

Fuera de los muros de la abadía, era otra historia. Al aire libre, la atmósfera se notaba más inquietante, más peligrosa, como si estuviera imbuida de malicia.

Margot se detuvo al lado del codo de Lily. Miró el cielo.

Maldito clima mágico, dijo telepáticamente. *El lanzador de conjuros tiene mucho alcance. La sensación es difusa, carece de una dirección central. No consigo detectar claramente dónde se origina. ¿Y tú?*

En los seis últimos meses, Margot y Lily habían desarrollado la costumbre de sostener conversaciones telepáticas. Mientras estuviesen en un rango de unos seis o siete metros de distancia, podían compartir ideas y comparar opiniones con total intimidad. Era una habilidad útil, sobre todo cuando estaban rodeadas de otras personas.

Lily frunció el ceño y respondió despacio, tanteando el problema en el proceso.

Tendría que recorrer cierta distancia para estar segura, pero creo que es probable que trabajen varios magos del clima juntos. Si se han desplegado por el campo, no podremos rastrear la magia hasta una sola fuente.

¿Varios magos del clima trabajando para conjurar magia prohibida?, Margot apretó la mandíbula. *A veces odio que tengas razón.*

Lily sonrió con desgana.

Solo lo odias cuando no te gustan mis conclusiones.

Eso es verdad. Margot hizo una mueca. *¿Quién crees que está detrás, Guerlan o Braugne?*

Lily sintió un principio de tensión en la parte de atrás del cuello, que amenazaba con convertirse en un dolor de cabeza debido al estrés.

No tengo ni idea. Podría venir de cualquiera de los dos, o quizá de otro reino qué esté más allá.

Margot le lanzó una mirada sombría. Hizo una seña al grupo y todas se colocaron en las posiciones que tenían asignadas.

Mientras se situaba en su sitio, Lily, temblando de frío, se colocó el mechón de pelo errante detrás de la oreja. Todas volvieron su atención a la barcaza que había partido de los muelles de la población costera de Calles.

La proa roma de la barcaza iba rompiendo las finas placas de hielo que flotaban en el mar superficial que rodeaba la isla de la abadía.

Faltaba todavía una semana y media para el solsticio de

invierno. Normalmente era una época de celebraciones, que culminaban en la Mascarada de los dioses. Ese año, el clima, avivado durante un mes por los ataques mágicos lanzados por magos desconocidos, era atípicamente frío, y nadie tenía deseos de celebrar nada.

Antes de que terminara la siguiente luna, el agua entre la isla y el continente estaría congelada por primera vez en generaciones. Según los informes, la cosecha en los seis reinos de Ys había sido escasa y ahora afrontaban temperaturas letales.

Lily pensó en las granjas esparcidas por el campo. Si no detenían a los magos del clima, muchas perderían ese invierno un ganado muy necesario. Y probablemente también a algún familiar.

Había una razón para que la magia del clima estuviera prohibida. Un tratado internacional solo permitía a los magos del clima lanzar conjuros cuando se lo ordenaba un real decreto, para combatir desastres naturales.

Con Braugne y Guerlan al borde de la guerra, las implicaciones de quién podía estar detrás de los conjuros del clima resultaban terroríficas. ¿Había roto el rey de Guerlan los tratados y provocado un invierno maldito en Ys, o había sido Braugne?

Fuese quien fuese el que estuviera detrás, tenían que saber que matarían a gente. Y por si eso no fuera ya bastante malo, la barcaza que avanzaba inexorable hacia ellos roturando hielo, transportaba nada menos que al tristemente célebre Lobo de Braugne en persona hasta las puertas de la abadía, junto con una compañía de soldados armados.

Habían aparecido sobre el horizonte cubierto de nieve poco después de mediodía. Si hubieran llegado un poco más tarde, habrían podido cruzar andando el estrecho. En vez de eso, los soldados que manejaban los remos tenían que esforzarse por hacer avanzar la barcaza entre las placas de hielo flotantes.

Lily miró a sus compañeras. Margot observaba la barcaza desde su puesto, en primera fila del grupo. La joven pelirroja, primera ministra del Consejo Camaeline, ofrecía una imagen despampanante, con su manto de color marfil forrado de piel y sus guantes a juego.

Con ella había seis sacerdotisas, tres a cada lado, flanqueadas por Defensores del Hogar armados. Lily era la segunda sacerdotisa por la izquierda, una más entre otras.

A diferencia de Margot, en ella no había nada que sobresaliera. Su capa era de un modesto color marrón, aunque gracias a los dioses, iba forrada y abrigaba bastante, y debajo llevaba robustas botas de invierno, pantalones negros y, encima de una túnica blanca, una chaqueta de invierno acolchada que le llegaba hasta el muslo.

Era más baja que Margot y más morena, de piel olivácea, ojos marrones y un cabello castaño fino que rehusaba crecer más allá de las clavículas y dejarse confinar por horquillas. En verano, Lily pasaba todo el tiempo que podía fuera, a menudo descalza, y el sol había dado a su piel un profundo tono de nuez.

Había miles de mujeres como ella, cientos de miles, trabajando en el campo, en las tiendas, o asistiendo a las personas de alcurnia en sus mansiones y castillos.

Lily, complacida con el anonimato, guardó ambas manos dentro de la capa. También la complacía ver que las otras sacerdotisas se mantenían orgullosas, con la espalda recta, como Margot, y que lo mismo hacían los Defensores que las flanqueaban.

En contraste con la imagen serena del grupo, el aire que

se agitaba a su alrededor estaba lleno de imágenes que solo veía Lily.

Sobre ella y detrás de la cabeza de cada individuo, planeaban lo que la joven llamaba sus psiques, como sombras arrojadas sobre una pared.

Cuando Margot y ella estudiaban de niñas en la escuela de la abadía, la psique de Margot era una figura demacrada y hambrienta, que, al menos a ojos de Lily, ensombrecía su belleza juvenil. Nadie más la veía, y, como Margot procedía de una familia rica y noble, les habría costado mucho creer a Lily si se lo hubiera dicho.

Las cosas habían cambiado cuando Margot había aceptado la posición de primera ministra del Consejo de la Abadía. En cuanto tuvo un puesto y una función en los que era amada y necesitada, su psique había ganado peso y, al dejar de estar hambrienta, se había vuelto feroz y protectora.

Las psiques de las otras sacerdotisas y de los Defensores se veían inquietas, con una mezcla de agresividad, nervios o puro miedo, pero sus rostros no traslucían nada de eso.

A sus espaldas, las puertas de la abadía estaban cerradas y bloqueadas, de acuerdo con las órdenes de la Elegida. Las verjas estaban incrustadas en muros antiguos de piedra, que bordeaban los acantilados del extremo de la isla.

En la torre de vigilancia más cercana, otras sacerdotisas, obreros y ciudadanos observaban la inminente confrontación a través de los altos ventanales.

El escenario del encuentro estaba preparado y el público congregado. Como mínimo, aquello sería una obra de teatro interesante.

La barcaza se había acercado tanto en pocos momentos, que Lily podía distinguir los rasgos de varios soldados. Estaban en posición de firmes.

El hombre que iba al frente de ellos le llamó la atención.

El Lobo de Braugne era más joven de lo que esperaba, probablemente no llegaba a los treinta años. Estaba de pie, con la espada desenvainada y la punta plantada en los tablones entre sus pies. Sujetaba la empuñadura con ambas manos, enfundadas en guanteletes. Su cabello moreno se agitaba al viento y su rostro duro estaba curtido por los elementos.

Se contaban historias de él por los seis reinos, y esas historias se volvían más terroríficas cuanto más se contaban. El hermano del Lobo, el gobernante y señor de Braugne, había muerto a mediados del verano en una avalancha catastrófica que había derruido una mina de sal y destruido una parte de la población más próxima.

Poco después habían llegado a la abadía los primeros rumores sobre el suceso, seguidos de otras voces más fuertes y más altas. La gente había empezado a decir que la trágica avalancha no había sido un accidente. Que el Lobo, en un acto de pura maldad bien meditada, había asesinado a su hermano, el señor de Braugne, y cruzaba en aquel momento Ys buscando poder y ejecutando a todos los que se le oponían, incluidos los niños y bebés de estos, y quemando sus casas hasta los cimientos.

A primera vista, su imagen no se correspondía con esa leyenda. No tenía ojos rojos brillantes ni su cabeza y sus hombros sobresalían por encima de los de sus hombres. En realidad, Lily estaba un poco decepcionada. La había fascinado imaginar a un ser con lengua bífida, pezuñas hendidas y rabo.

Pero aquel hombre tenía un aspecto humano. Aunque lucía la figura fuerte y el porte erguido de un soldado experimentado, tampoco era atractivo exactamente. De hecho, podría mezclarse entre la multitud un día de mercado y ella pasaría a su lado sin mirarlo dos veces.

O, al menos, eso pensó hasta que la barcaza se acercó más al muelle, miró sus ojos oscuros y brillantes y cambió de idea.

Jamás pasaría a su lado sin mirarlo dos veces. Su figura tranquila albergaba una presencia inmensamente fuerte, como si fuera un meteoro ardiente envuelto en carne. Era un lobo con piel de cordero, un gigante que, con una apariencia que podía pasar por inocua, había puesto sus miras en un pequeño principado, y si los rumores no mentían, buscaba el dominio total de Ys.

Lily respiró hondo y, casi sin darse cuenta, se echó atrás la capucha y los miró fijamente a sus hombres y a él.

Las psiques de los soldados de la barcaza se agitaban y bullían con tanto nerviosismo como las del grupo colocado en el estrecho muelle. Las imágenes eran fantasmales y transparentes, y con los hombres tan cerca entre sí, resultaba imposible diferenciarlas unas de otras.

Colectivamente, titilaban con una energía fiera, impaciente, como si fueran una manada de sabuesos de caza atados en corto, pero Lily no conseguía captar específicamente al Lobo. Para captar algo con seguridad, tendría que verlo separado de los demás.

Apretó los labios y pasó la mirada por los bordes del grupo, intentando reunir al menos algo de información que pudiera serles útil.

En contraste con otras tierras sobre las que había leído, la mayoría de la población de Ys eran humanos. Los vampiros, los duendes de la luz de y de la oscuridad, los djinns y otros miembros de la clase de los demonios, como las medusas, los demonios necrófagos y los trolls, eran principalmente leyendas divertidas de lugares lejanos. Pero Lily vio el rostro severo y las orejas delgadas y puntiagudas de un elfo entre los soldados de Braugne, y también otro varón que, por su aspecto, podía ser en parte wyr.

Cuando hubo captado algunos detalles más al azar, entornó los ojos. Las tropas de la barcaza, como el grupo de la abadía, presentaban un frente unido, pero no todo era de color de rosa entre los hombres del Lobo.

Lily, súbete la capucha, le pidió Margot telepáticamente. *No quiero que te vea la cara.*

Esconderse debajo de una capucha no será ninguna protección contra lo que se acerca, contestó Lily, distraída.

¡Eso no lo sabes!, replicó Margot.

Lily miró a su amiga. *Sí lo sé. Lo sé con las visiones que la diosa ha tenido a bien concederme.*

Margot apretó los labios. Una voz dura y potente anunció desde la barcaza:

—Wulfgar Hahn, Protector de Braugne, envía sus saludos a la Elegida de la Abadía Camaeline.

La voz sobresaltó a Lily. Estaba tan absorta en intentar abrirse paso entre el confuso revoltijo de visiones y en discutir telepáticamente con Margot, que no vio al soldado mayor y fornido que se había colocado delante los otros, hasta que habló.

El soldado se inclinó ante Margot.

Wulfgar Hahn no se inclinó. Observaba con expresión impasible.

—Os equivocáis —repuso Margot, fría y altanera. Era algo más que un rostro hermoso y un temperamento fiero, era también una hechicera muy hábil y tenía sus poderes preparados para contraatacar ante cualquier manifestación de agresión física—. No soy la Elegida de Camael. Soy

Margot Givegny, primera ministra del Consejo Camaeline, y si vuestro jefe tiene algo que decir, que lo haga personalmente.

El soldado frunció el ceño y abrió la boca para contestar, pero el Lobo avanzó y posó una mano con guantelete en su hombro.

—Ayer envié recado de que hablaría con vuestra Elegida —dijo con una agradable voz profunda de barítono.

Margot lo miró con altanería y Lily tuvo que morderse el labio inferior para reprimir una sonrisa. Cuando Margot se empeñaba, podía ser más desdeñosa que nadie.

—Nuestra Elegida no responde a imperativos bruscos de extranjeros.

El Lobo bajó los párpados, cerrando así su mirada oscura y afilada. Eso logró que su expresión dura fuera todavía más impenetrable.

—Vuestra respuesta es desafortunada. —Su agradable voz de barítono sonaba más arisca—. He traído regalos de manuscritos antiguos para ella y oro para vuestra abadía. Esto podría haber sido un encuentro placentero.

Cuando oyó las palabras "manuscritos antiguos", Lily sintió una punzada de anhelo. Pero por muy seductores que resultaran, no habría sido apropiado que la Elegida los aceptara.

—No es nuestro deber hacer que este encuentro os resulte placentero —repuso Margot—. La abadía no desea vuestros regalos.

El Lobo enarcó una ceja y de pronto su rostro dejó de ser inexpresivo para volverse amenazador.

—Me he acercado aquí con mucha más cortesía de la que he mostrado en ningún otro principado de los que he visitado hasta ahora. Haríais bien en tomar nota.

—Venir a nuestra puerta con un ejército no tiene nada de cortés —repuso Margot entre dientes.

Wulfgar señaló la orilla vacía. Hasta la ciudad estaba en silencio, puesto que la mayoría de sus habitantes habían sido evacuados a la isla.

—¿Vos veis un ejército?

—Puede que no esté a la vista, pero sabemos que está ahí. ¿Creíais que no lo sabríamos? Habéis acampado al otro lado del bosque.

Esa vez fue Wulfgar el que habló entre dientes.

—Lo he dejado atrás por cortesía. No he venido a vuestras puertas con él.

—Todas las tierras de labranza que rodean la ciudad son parte de Calles —replicó Margot, cortante—. Estáis en nuestro umbral. Cortáis árboles de la Elegida y los quemáis en vuestras hogueras. Acampáis en sus campos, cazáis sus criaturas y bebéis de sus arroyos sin permiso. Sois unos intrusos. Si hubierais querido ser cortés, habríais enviado a alguien a pedir permiso antes de entrar en nuestra tierra con vuestro ejército.

Ambos, Wulfgar y ella, resultaban magníficos poseídos por la furia. Si se hubieran encontrado en un escenario, se podría haber hecho una gran obra con eso, pero Lily tenía la impresión de que el Lobo solo fingía enfado, mientras observaba con mirada inquieta cada detalle de la escena.

No le cabía ninguna duda de que se fijaba en todo, incluido el hecho de que el rellano tallado en la roca en el que estaban las sacerdotisas y los Defensores, era demasiado estrecho para que una fuerza invasora pudiera usar con eficacia un ariete contra las masivas puertas forradas de hierro.

La isla, de algo más de tres kilómetros, estaba rodeada

de acantilados. No tenía playa, solo traicioneras rocas negras, muchas de las cuales se sumergían en el agua cuando subía la marea. Varias generaciones de canteros habían trabajado para construir los muros altos levantados siguiendo el borde del acantilado. La Abadía Camaeline tenía fama de ser inexpugnable, y en ocasiones había ofrecido santuario a figuras famosas en distintos momentos de su larga historia.

El Lobo y Margot continuaban lanzándose frases cortantes. Mientras discutían, Lily ladeó la cabeza y dio un pequeño paso lateral y después otro. Cuando su hombro chocó con el de la sacerdotisa situada a su izquierda, esta la miró confusa.

Lily confiaba en que el cambio de perspectiva la ayudara a tener más visiones, pero no fue así. Suspiró con frustración. Evaluar las psiques de la gente le daba pistas vitales sobre una persona, pero, tal y como estaba dispuesta aquella escena, no podía captar bien al Lobo, sobre todo porque no tenía otro punto de observación desde el que mirarlo y porque sus hombres y él tenían limitados sus movimientos mientras estuvieran en la barcaza.

Margot no permitiría al Lobo de Braugne saltar al estrecho muelle, así que Lily tenía que hacer algo para conseguir la información que quería.

Acababa de llegar a esa conclusión, cuando se dio cuenta de que había sucedido algo importante.

Al parecer, la discusión había dado un giro. Lily era vagamente consciente de que se había sugerido algo y se había aceptado, pero estaba tan absorta en sus pensamientos, que se lo había perdido.

De pronto se sintió atravesada por la mirada oscura y poderosa de Wulfgar. Pillada por sorpresa, se sintió ensartada, como si la hubieran clavado en un pincho para brochetas.

—Estoy de acuerdo. Creo que un intermediario de la abadía es justo lo que necesito. Señaló a Lily—. Me llevaré a esa.

Margot se encendió de rabia.

—No podéis elegir a una de mis sacerdotisas como si fuera un caballo y esperar llevárosla con vos.

—No importa, Margot —intervino Lily—. No me importa. Iré con él.

Hubo reacción en ambos grupos. En la barcaza, el Lobo enarcó una ceja y sus hombres intercambiaron miradas.

En el muelle, Margot se giró a mirarla. Lily oyó ruido de armadura cuando los Defensores adelantaron rápidamente un paso, como para impedirle por la fuerza que se fuera.

¿Por qué la miraban todos así? Frunció el ceño e intentó agudizar el vago recuerdo que tenía de lo que acababa de ocurrir.

Habían dicho algo del estilo de…

Alguien debería daros una lección.

¡Oh! Eso lo había dicho Margot.

No le había ofrecido exactamente un intermediario al Lobo de Braugne. Se había mostrado sarcástica, pero él había aprovechado la oportunidad para elegir a alguien y Lily se había lanzado de cabeza sin pensar.

No había duda de que era una situación violenta.

Capítulo Dos

L ily no era ninguna experta en diplomacia, y probablemente acabara de violar media docena de protocolos al meterse en medio de la conversación.

De hecho, era bastante desastre en muchas ocasiones.

Avergonzada, se pellizcó el puente de la nariz y sonrió con timidez a Margot.

Por el amor de la diosa, ¿se puede saber qué te pasa? ¡NO PUEDES IRTE CON ÉL!, gritó Margot telepáticamente. Su expresión seguía siendo tranquila, pero en el fondo de sus ojos ardía una chispa de terror.

Creo que tengo que hacerlo, repuso Lily con un gesto de disculpa.

A Margot le brillaron los ojos.

Yo te sacaré de esto, dijo. *Me impondré como primera ministra y lo prohibiré.*

No, Margot. Creo de verdad que tengo que ir. No puedo captarlo cuando está en medio de sus hombres y no hace falta que te diga lo importante que es que lleguemos a comprender a este hombre.

Era vital, no solo para la abadía, sino también para todos los habitantes de Calles, que confiaban en el gobierno y en la protección de la abadía. Aunque lamentaba imponerle ese estrés a su amiga, no habían salido de los muros de la abadía para no arriesgar nada. Margot tendría que aceptarlo.

Esta apretó los puños, colocó las manos en los muslos y

dio la impresión de que iba a tener otro estallido, pero guardó silencio.

Lily se giró hacia la barcaza, miró a Wulfgar y tomó otra decisión.

Hay un envenenador en vuestro grupo, le dijo telepáticamente.

Los ojos oscuros y duros de él brillaron. Por primera vez desde su llegada, el Lobo de Braugne parecía sinceramente sorprendido.

✧   ✧   ✧

SI WULFGAR HUBIERA sido el tipo de hombre al que le gustara jugar, habría apostado mil ducados de oro a que la joven y fiera primera ministra sostenía un feroz intercambio telepático con la sacerdotisa que acababa de aceptar ser su intermediaria con la Abadía Camaeline.

Cuando la sacerdotisa tomó la mano de Jermaine y subió con cuidado a la barcaza, asintió un par de veces, negó con la cabeza, hizo una mueca y se encogió de hombros, todo ello como en respuesta a un diálogo interior, aunque su expresión seguía siendo resuelta y calmada.

Wulfgar sonrió para sí. Aparte de meterse donde no la llamaban, a la pequeña sacerdotisa no se le daba bien controlar su semblante. Eso podía resultar útil, pues él esperaba sacarle mucha información.

Margot Givegny lo miró con dureza.

—Si dañáis un solo pelo de su cabeza, os lanzaré una maldición que os perseguirá el resto de vuestra vida.

El regocijo de Wulfgar desapareció tan deprisa como había llegado.

—Yo no abuso de las mujeres —replicó, cortante—, a menos que ellas intenten abusar antes de mí.

Su advertencia era inconfundible, y aunque la primera

ministra le lanzó dardos envenenados con los ojos, se abstuvo de pronunciar ninguna otra amenaza. En la barcaza, Jermaine ayudó a la sacerdotisa a recuperar el equilibrio y ella lo recompensó con una sonrisa cargada de dulzura.

Wulfgar esperó hasta que Jermaine le soltó la mano y empezaron el tortuoso viaje de regreso a la orilla. Después, cuando ella se volvió a mirarlo, le preguntó telepáticamente: *¿Quién es?*

No preguntó cómo lo sabía. Era de dominio público que todas las sacerdotisas de Camael eran brujas.

La mujer miró a su alrededor con nerviosismo.

No estoy segura. Es difícil saberlo cuando estáis todos tan juntos, y solo he captado un susurro.

Podía ser mentira. Wulfgar no lo descartaba. Ella podía querer sembrar la discordia entre sus hombres, elegidos cuidadosamente, y él, y tal vez fuera esa la única razón por la que había consentido en acompañarlos.

Pero si tenía un envenenador entre sus tropas, eso explicaría muchas cosas. Podía explicar la disentería repentina que había atacado a sus hombres, a pesar de la insistencia de Wulfgar en mantener unas condiciones sanitarias óptimas en los campamentos, y que había frenado mucho su avance.

Cuando lleguemos a los muelles, haré que se pongan en fila. Podréis caminar conmigo entre ellos y me diréis lo que descubráis, dijo sombrío.

Los ojos de ella brillaron con regocijo y sonrió. Al igual que la primera vez, la sonrisa convirtió sus rasgos afilados en algo poco corriente, espectacular incluso, y el macho que había en Wulfgar se apresuró a tomar nota.

Tengo muy poca experiencia en trabajos de intermediaria, pero estoy casi segura de que eso no entra en la descripción de mis deberes, le contestó. *Aunque ha sido un placer advertiros, no soy vuestra bruja personal para obedecer vuestras órdenes. Vuestra gente es vuestro problema.*

Ya veremos, repuso Wulfgar, con una suavidad que hizo que la expresión de ella se volviera cautelosa.

Aunque él no se había molestado nunca en averiguar muchas cosas sobre las brujas, los últimos acontecimientos habían conspirado para que desarrollara un gran interés por utilizar sus servicios. Solo tenía que averiguar qué quería aquella. Todo el mundo quería algo, y siempre era mejor probar con un toque de miel, por si eso le facilitaba a uno el camino.

Pero si fallaba la miel —o en aquel caso concreto, los manuscritos y el oro—, tendría que buscar otros métodos.

Porque no se rendiría. No fracasaría. Y no habría vuelta atrás.

Mientras la barcaza recorría el corto camino de regreso al continente, envainó su sable, se cruzó de brazos y estudió su nueva adquisición con el ceño fruncido.

No parecía desconcertada por su atención, algo poco corriente. La mayor parte de las personas que se veían sometidas a la intensidad de su mirada, perdían la compostura hasta cierto punto.

Las personalidades dominantes se volvían beligerantes. Otras personas se volvían temerosas y ansiosas. Casi todas ellas revelaban así algo útil sobre ellas mismas.

La sacerdotisa, sin embargo, lo ignoraba con aparente facilidad. Volvió el rostro a la orilla y lanzó miradas de soslayo a los soldados. Todos, sin excepción, eran mucho más altos que ella.

Wulfgar enarcó una ceja con aire interrogante y miró a Jermaine, quien le sonrió. Wulfgar, que ya le había dado puntos a la joven por haberlos sorprendido en el muelle de la abadía, le dio todavía más ahora por soportar su observación sin ninguna señal visible de estrés… Ni ninguna otra reacción apreciable.

Cuando la barcaza estuvo anclada, Jermaine saltó al muelle helado, moviéndose con la gracia ágil de un hombre que tuviera la mitad de sus años. Se volvió y tendió la mano a la sacerdotisa, quien la aceptó con una sonrisa de agradecimiento, y la ayudó a desembarcar sana y salva.

Cuando ella estuvo en tierra firme, Wulfgar saltó de la barcaza. La joven lo observó y parpadeó. Su expresión cambió. Algo en él le había llamado la atención por fin y la hizo reaccionar, cosa que no había hecho su mirada mortífera, como la llamaba Jermaine en broma.

¿Qué había sido lo que había notado? Wulfgar decidió que disfrutaría averiguando qué era lo que la hacía reaccionar. Y también descubriendo cómo utilizarlo en beneficio propio.

Se volvió y bajó por el muelle helado hacia la orilla. Cuando salió del muelle, se detuvo y frunció el ceño a la colección de artilugios metálicos, aparentemente de hierro, que había colocados entre un par de barras metálicas.

Lo habían intrigado desde que llegara por primera vez al muelle. Ahora tenía a alguien que podía explicárselo.

Cuando la sacerdotisa se detuvo a su lado, él señaló los artilugios de metal.

—¿Para qué son esas cosas con dos ruedas?

La joven lo miró sorprendida.

—Son bicicletas… mi señor. Perdón, me temo que no sé cómo dirigirme a vos.

—Podéis llamarme comandante. ¿Qué son bicicletas?

—Son un invento terrícola que funciona muy bien aquí

en Ys. Olvidaba que en Braugne no tenéis intercambios, ¿verdad?

—No —repuso él con voz tensa—. Solo los que viven cerca de un pasaje de cruce se pueden permitir intercambios, y cosechar los beneficios económicos que eso supone. Pero los que vivimos en Braugne no podemos. El pasaje de cruce más próximo está a medio continente de distancia.

La mirada sorprendida de ella expresaba tal consternación, que él se sintió casi como si la hubiera golpeado físicamente.

—Claro, tenéis razón —dijo la joven—. Os pido disculpas. No pretendía ofenderos. De pequeña vivía en una zona que tampoco tenía pasajes de cruce cerca, así que entiendo lo que sentís.

A Wulfgar lo embargó una sensación de contrición poco habitual. Impaciente consigo mismo, negó con la cabeza.

—Soy yo el que debe disculparse. Vos no pretendíais insultar con vuestro comentario.

—Pero tenéis razón. Hay tres pasajes de cruce cerca. Dos llevan a Francia y el tercero al norte de España, por lo que Calles importa muchos productos de la Tierra. Eso ha mejorado nuestra vida en muchos sentidos.

La sacerdotisa se acercó al artilugio de metal más próximo y le puso la mano encima.

—La bicicleta, por ejemplo. Os sentáis aquí, en el sillín, empujáis estos dos pedales con los pies y giráis hacia donde queráis con el manillar. Hay que aprender a mantener el equilibrio, por lo que al principio requiere práctica.

Wulfgar la observaba con atención. La expresión de ella se iluminaba al hablar y de nuevo detectó en ella algo poco corriente, espectacular incluso.

—¿Qué os interesa de ellas? —preguntó él.

El rostro de la sacerdotisa se iluminó aún más.

—La gente puede viajar más lejos y más deprisa en bicicleta que andando, y son mucho más baratas que un caballo. No se ponen enfermas y no hay que preocuparse del coste de alimentarlas ni de si tenéis campo suficiente para que pasten. Este verano, la Elegida pagó un subsidio al herrero de la ciudad para que hiciera bicicletas para algunas de las granjas más pobres de por aquí. Si enganchan un carro pequeño a la rueda de atrás, pueden llevar sus mercancías a la ciudad.

¡Ah, sí! A la ciudad silenciosa.

Wulfgar decidió que hablarían de eso más tarde.

—O sea que tener una bicicleta mejora sus vidas. —comentó. Miró atentamente los artilugios.

—Sí. Y también es divertido montarlas cuando les pillas el tranquillo. A los niños les encantan. —Ella miró con el ceño fruncido el camino de tierra cubierto de hielo que llevaba a la ciudad—. Aunque no es tan fácil montarlas en invierno y todo Ys debería tener un sistema de caminos mejor para que fueran aptas para recorrer largas distancias. Sin embargo, poco a poco estamos mejorando los caminos alrededor de la ciudad.

—Entiendo —dijo él.

Obviamente, ella no se daba cuenta de lo mucho que trasmitía sobre sí misma cuando hablaba de un tema que la apasionaba.

—Quizá queráis llevaros una bicicleta a Braugne con vos.

—Tal vez sí. —Reacio a destruir la frágil sintonía que se había establecido entre ellos, Wulfgar no le dijo que no tenía intención de regresar a Braugne en un futuro próximo.

Se volvió hacia Lionel.

—Mayor, poned vigías en el muelle y avisadme inmediatamente si hay algún movimiento en la abadía. Jermaine y Gordon, quedaos con la sacerdotisa y conmigo. Los demás, volved al campamento.

—Sí, comandante —contestó Lionel.

Mientras este dejaba a un par de soldados de guardia, Wulfgar se giró y vio que la sacerdotisa lo observaba. El viento helado había añadido un agradable color rosado a sus mejillas.

—Si creyerais lo que os digo, ahorraríais a vuestros hombres mucho esfuerzo con este frío. Nadie se moverá de esa isla mientras estéis aquí.

—Puede que tengáis razón. —Él observó la isla entornando los ojos—. O puede que cambien de idea. Y mis hombres no están aquí para ahorrar esfuerzos.

La expresión de ella se volvió agria, pero se encogió de hombros. Quizá ella tampoco quisiera destruir la sintonía. O tal vez eso le diera igual.

Como quiera que fuese, Wulfgar no creía que hubiera pretendido nada turbio con su sugerencia. Probablemente tenía razón y las personas refugiadas en la isla no necesitaban ir al continente a por suministros.

Por lo que había leído, los arquitectos de la abadía, que habían muerto hacía mucho tiempo, habían aprovechado cada trozo del terreno. Allí había huertos, árboles frutales, campos de grano y agua de sobra. Y sin duda, también animales de granja. Como mínimo, gallinas y cabras, y probablemente también ovejas.

La isla estaría fortificada, y solo había dos modos de entrar dentro de sus muros. El primero era por el muelle público que acababan de abandonar, que era lo bastante largo para que atracaran tres o cuatro barcazas, pero demasiado estrecho para permitir que descargaran todas a la vez.

En el único texto que había podido leer, el autor describía un segundo muelle, orientado al mar. Más pequeño y privado, era un fiel reflejo del muelle público en casi todos los detalles, con un saliente estrecho, vuelto aún más resbaladizo y traicionero por las olas del mar abierto, y una escalera cortada en el acantilado, que terminaba en una pesada puerta forrada de hierro.

Un ariete resultaba inútil en esas condiciones, y aunque pudieran romper alguna de esas puertas, solo se necesitarían unos pocos luchadores para defender las escaleras. Podían contener una invasión de modo indefinido, mientras que la fuerza atacante tendría que lidiar con lo confinado del espacio, con el saliente estrecho y con el mar, además de con lo que los defensores de los muros tuvieran a bien arrojarles.

Sus hombres y él podían escalar los acantilados y los muros. Braugne era un país difícil y montañoso, y la mayoría de los soldados aprendían a escalar antes de llegar a la pubertad.

Pero una escalada de esas características sería demasiado dura y lenta para darles una ventaja apreciable en el combate. Necesitarían martillos, pitones y sogas. La abadía tenía algunos puntos ciegos en las torres que daban al mar, pero Wulfgar no podría subir hombres suficientes a los muros sin que les arrojaran piedras desde arriba o, peor aún, agua o aceite hirviendo. Serían arrojados al mar inevitablemente.

La abadía, en cambio, podía sobrevivir años a un asedio; definitivamente, mucho más tiempo que todos los ejércitos, excepto los más tercos.

Si estaba asediada, no podrían tener acceso al mundo exterior, ni a sus preciosos pasajes de cruce ni al resto de Ys, y antes o después, ese aislamiento les haría daño. Pero en cualquier caso, lo único a lo que de verdad eran vulnerables era a la traición.

Y el único modo de poder conquistar la abadía era desde dentro.

Capítulo Tres

WULFGAR SE VOLVIÓ hacia Calles. Era hora de supervisar la ciudad silenciosa.

—Venid —dijo.

La sacerdotisa se colocó a su lado y Jermaine y Gordon echaron a andar detrás de ellos.

Cuando recorrían la corta distancia hasta la ciudad, ella se puso la capucha, pero no se quejó por la insistencia de él de explorar la ciudad con aquel clima inclemente. Wulfgar decidió que la joven le gustaba un poco.

Cruzó las manos a la espalda y acopló su paso al de ella.

—¿Cómo os llamáis?

—Lily.

—¿Tenéis un título? En Braugne llamamos mi señora a las sacerdotisas de Camael.

—Eso siempre me ha resultado muy solemne. Fui una expósita, así que no estoy acostumbrada. Por favor, llamadme Lily.

Wulfgar podía oír la sonrisa en su voz y por un momento deseó quitarle la capucha y ver de nuevo aquel gesto espectacular que ponía la sonrisa en su cara.

No le gustó ese impulso y frunció el ceño.

—No teníais por qué venir—dijo—. Podíais haberos negado y ahora estaríais delante de un fuego agradable en la abadía. Vuestra primera ministra quería que hicierais eso.

—Margot es muy protectora —repuso ella, pesarosa.

—Sin embargo, cuando he sacado el tema de una intermediaria, me ha parecido que no tenía objeción a darme una sacerdotisa. Simplemente no quería que fuerais vos. —Él la dejó rumiar sus palabras, observándola con atención, muy interesado en su respuesta.

Lily suspiró lo bastante fuerte como para que él la oyera a pesar del viento.

—Margot y yo nos conocemos de toda la vida. De pequeñas me atormentaba, pero ahora que hemos pasado esa edad, parece que quiera compensarme envolviéndome entre algodones y guardándome en un cajón.

Wulfgar casi sonrió. Era una buena excusa. Medía sus palabras con cautela. Confesaba una pequeña verdad sin revelar demasiado.

—Os hicisteis amigas —dijo.

La sacerdotisa se echó a reír.

—Todavía me resulta curioso admitirlo, pero sí. Para mi sorpresa, nos hemos hecho amigas.

—Me gusta vuestra risa —dijo él.

Aunque su tono era brusco, decía la verdad. La joven tenía una risa cálida y contagiosa. Si fuera una cortesana, habría pagado una noche con ella solo por su risa.

Lily lo miró por el borde de la capucha. Había recuperado la expresión recelosa.

—Gracias —contestó.

Habían llegado a la calle principal de la ciudad y Wulfgar observó al pasar las tiendas cerradas y las casas oscuras. Los escaparates de algunas tiendas mostraban artículos de lujo.

Chocolates, jabones de olor y paquetes de comida *gourmet* de la Tierra. En un escaparate había frascos de caviar amontonados en forma de pirámide entre manojos de rosas hechas con esmero con terciopelo rojo.

Cuando vio los frascos de caviar, recordó aquel sabor, que solo había probado una vez, colocado sobre una especie de pan fino que llamaban galleta salada, y se le hizo la boca agua.

Mucha de la tecnología de la Tierra no funcionaba en lo que ellos llamaban los Otros Lugares, como en Ys, donde predominaba la magia. Muchas armas, motores de combustión y cosas por el estilo, resultaban inútiles, si no claramente peligrosos, pero, hasta donde sabía, a la comida no le pasaba nada.

—Asumo que la mayoría de la población está en la isla —dijo, después de caminar unas cuantas manzanas.

—Sí, comandante —repuso ella—. El Consejo de la Ciudad pidió a todos que evacuaran, pero algunos se negaron.

—¿Quién queda?

—Hay dos burdeles, que esperan ganar algo del dinero de vuestros hombres, un par de posadas que siguen abiertas para los viajeros que puedan querer una cama caliente bajo techo, para descansar de la dureza de un campamento de invierno. —Ella hizo una pausa—. Los demás simplemente esperamos que no forcéis a las mujeres, no saqueéis los negocios ni requiséis las casas de la gente sin su permiso.

Wulfgar se detuvo en seco, enfadado con los pobladores que se escondían en la isla, con la condenada Elegida, que había decidido jugar a los circunloquios en lugar de reunirse con él abiertamente, y enfadado con todo lo demás de aquel día frío y miserable.

Controla tu temperamento, Wulf, le dijo Jermaine. *Ella no tiene la culpa.*

Wulfgar se giró y lo miró de hito en hito. Volvió con

pasos rápidos a la tienda que tenía los frascos de caviar en el escaparate, se quitó los guanteletes, buscó herramientas en sus bolsillos y forzó la cerradura de la tienda.

Lily, que lo había seguido, adoptó una postura rígida y ultrajada, pero no dijo nada cuando él abrió la puerta y entró en el interior oscuro.

Jermaine suspiró en la puerta.

—Será mejor que entréis también, mi señora. Esto puede durar unos minutos.

—La tienda no está abierta —replicó ella, cortante.

—No —asintió él—. Pero no hay razón para estar parados aquí fuera con este viento, a menos que sea absolutamente necesario.

Después de un momento de duda, Lily entró en la tienda y Jermaine y Gordon la siguieron.

Wulfgar los ignoró. Había veinte frascos de caviar y un par de cajas de galletas saladas diferentes. Juntó todos los frascos y los colocó en el mostrador.

Las galletas saladas que hacían en Ys le gustaban más que las que había probado de la Tierra. Tomó varios paquetes, los colocó al lado del caviar y a continuación eligió un par de botellas de vino. Siempre había sentido curiosidad por el sabor del chocolate, así que tomó también varias tabletas y después le llamó la atención un recipiente metálico extraño.

Lo alzó, miró el dibujo con el ceño fruncido y pronunció las palabras desconocidas, escritas en inglés.

—Chef bouy...

—Se llama Chef Boyardee —lo interrumpió Lily, cortante—. La tienda lo trae específicamente para la Elegida, quien a veces tiene deseos de eso.

—Muy bien, pues. Si es lo bastante bueno para ella, es lo

bastante bueno para mí. —Él añadió la lata al montón—. Gordon, Jermaine, ¿vosotros queréis algo de aquí?

—De momento, no, comandante. Quizá más tarde —repuso Gordon con educación. Jermaine se limitó a lanzarle una mirada exasperada.

—Muy bien —le dijo el Lobo a Gordon—. Suma el precio y deja las monedas en un frasco detrás del mostrador. Cuando termines, lleva todo esto a mi tienda.

—Sí, señor.

Mientras Gordon obedecía sus órdenes, Wulfgar miró a Lily, quien lo observaba con ojos muy abiertos. Se había echado la capucha hacia atrás y el roce había hecho que mechones finos de cabello oscuro flotaran alrededor de su rostro formando un delicado halo.

—Durante todo el tiempo que permanezca acampado en Calles, esas monedas seguirán ahí, detrás del mostrador —dijo. Se esforzaba por hablar con voz serena, pero seguía enfadado—. El tendero, o tendera, puede optar por permanecer en la isla, pero supongo que le gustará ganarse la vida. Si alguno de mis hombres quiere comprar algo, añadirá su moneda a la mía. No habrá pillaje. Bajo mi mando, el castigo por violación es la muerte. Desde que nos embarcamos en esta campaña, no he tenido que imponer esa condena ni una sola vez.

—Entiendo —respondió Lily, en voz baja.

—Y ya que estamos, tampoco asesiné al señor de Braugne. Ese acto lo cometió otra persona. —La mirada de él brillaba con rabia contenida—. No solo era medio hermano mío, también era mi mejor amigo, y vengaré su muerte aunque emplee en eso el resto de mi vida.

Sus mejillas se habían sonrojado mientras hablaba. Lily, claramente sin palabras, abrió la boca y volvió a cerrarla.

Cuando por fin habló, lo hizo con voz apagada.

—Hemos oído otras historias —comentó.

—Sé muy bien las historias que se cuentan —dijo él entre dientes—. También he visto los cuerpos sacrificados abandonados en granjas y los campos quemados. Ni mis hombres ni yo hemos cometido ninguna de esas atrocidades.

—Siento mucho vuestra pérdida —musitó ella, con voz más suave aún que antes.

Esa vez él no se permitió ceder a la compunción.

—Si eso es todo, tengo otros asuntos que atender. — Miró a Gordon—. Llévala al campamento contigo.

—Sí, comandante.

✧   ✧   ✧

LILY DECIDIÓ QUE no se iba a ofender porque la llevaran al campamento junto con las compras del comandante como si fuera otra de sus posesiones. Ya había causado bastantes problemas por una tarde.

Volvió a refugiarse debajo de la capucha y caminó hasta el campamento al lado de Gordon. Este se mostraba taciturno y ella no hizo ningún intento por romper el silencio.

Las palabras apasionadas del Lobo sonaban sinceras. Por supuesto, no debería haber forzado la tienda, pero ella sospechaba que lo había hecho, en parte, porque había perdido los estribos. Cuando ella se alejó, Jermaine y él se dirigían hacia la posada más próxima, donde brillaba una luz dorada en las ventanas, un fulgor luminoso en un día glacial y tétrico.

Lily se mordió el labio inferior. ¿Qué harían allí y por qué la había enviado al campamento en lugar de llevarla con ellos?

Tal vez buscaran habitaciones para pasar la noche. O quizá quisieran alquilar mujeres y su presencia habría resultado incómoda.

Hizo una mueca. En conjunto, era mejor no haber seguido con ellos. Los dioses sabían que cada vez que abría la boca, amenazaba con revelar algo que debería callarse. Cuantas menos oportunidades tuviera de crear más dolores de cabeza para todos, mejor.

Entre las tiendas que cubrían el valle hasta el borde del bosque se veían bastantes fuegos de cocinar. Aquella vista daba que pensar. Debía de haber miles de tropas. Lily no vio ganado, lo cual la sorprendió al principio, pero cuando oyó un relincho que llegaba de la dirección de los árboles, se dio cuenta de que usaban el bosque por la protección que ofrecía a sus animales contra el viento.

La tienda del comandante resultaba inconfundible entre las ordenadas hileras. Era más grande que las otras y tenía un guardia a cada lado de la entrada. Lily observó rápidamente el campamento, pero no encontró ninguna señal de magia del clima, que se había detenido hacía un rato.

Cuando llegaron a la tienda del comandante, Gordon levantó la solapa que hacía de puerta y le hizo señas de que entrara delante. Incómoda, pero también fascinada, la joven entró y se encontró con una agradable sorpresa.

El interior estaba lleno de luz y de calor. Gruesas alfombras cubrían el suelo y colgaduras de lana alrededor de la tienda proporcionaban alivio del frío invernal. Unos braseros calentaban el interior y ofrecían luz.

A un lado había una zona de estar, formada con sillas fabricadas de cuero extendido sobre armazones de madera. Una mesa larga de tablones instalados sobre bloques de madera dominaba el otro lado. Sobre la mesa había papeles y mapas.

Con excepción de los colores tejidos en los dibujos de las alfombras y en las colgaduras, todo lo demás era muy sencillo, pero, en conjunto, el interior resultaba mucho más cómodo de lo que había esperado y mucho menos íntimo de lo que había temido. Una colgadura de lana separaba la tienda en dos espacios. Estaba recogida y atada y al otro lado se veía el borde de una cama bien hecha.

Lily no tardó en sentir calor y quitarse la capa. Gordon descargó el saco con las compras y las colocó ordenadamente en un extremo de la mesa. La joven se acercó.

Los mapas y papeles le llamaban la atención. Quería revisarlos, pero Gordon se colocó cerca de la puerta de la tienda, desde donde la observaba con expresión imperturbable.

Otra cosa era su psique. Cuando ella le sonrió con amabilidad, la figura borrosa encima de su cabeza la miró de hito en hito con una animosidad que resultaba inconfundible.

Con algunas personas era imposible hacer amistad. Lily había aprendido hacía mucho a enmascarar las reacciones que le producían las psiques que la rodeaban… En su mayor parte.

—¿El comandante tiene algo que pueda mirar mientras espero? —preguntó.

Después de un momento, el soldado señaló con la cabeza un montón de libros apilados encima de un tronco de madera, al lado de una de las sillas de la zona de estar. Ella se acercó a ojearlos.

Uno era una historia de la Abadía Camaeline. Otro era una serie de biografías del linaje de las Elegidas. El Lobo de Braugne había hecho los deberes antes de llegar.

Lily hojeó las biografías y vio que la última entrada versaba sobre Raella Fleurise. No había ninguna mención a la nueva Elegida. Eso no le sorprendió. La fecha al comienzo del libro indicaba que había sido creado antes de la muerte de Raella, que se había producido en primavera.

Los ojos de la joven se llenaron inesperadamente de lágrimas. Raella era anciana y había muerto pacíficamente de causas naturales, rodeada por su esposo y su familia. No se podía pedir un final mejor, pero, en muchos sentidos, había sido la madre que Lily no había tenido y estaba segura de que sentiría su ausencia toda su vida.

Cerró el libro y volvió a dejarlo en el montón con los demás. Se instaló en una silla y se dispuso a esperar a que el comandante terminara sus asuntos en la ciudad.

No tuvo que esperar mucho.

Se había desatado las ataduras de la chaqueta acolchada y acababa de adormilarse, cuando sonaron voces fuera de la tienda. Se incorporó y vio que subían la puerta de la tienda y una ráfaga de aire frío acompañaba la entrada del Lobo, al que seguía de cerca Jermaine.

Al instante, el interior de la tienda preció mucho más pequeño —demasiado pequeño, y mucho más íntimo que unos momentos atrás. Mientras Lily se desperezaba, la mirada aguda de Wulfgar observaba lo que ocurría: la posición de ella cerca de uno de los braseros, la presencia sólida de Gordon y el montón ordenado con los artículos de la tienda.

Cuando fijó la vista en los mapas y papeles del otro extremo de la mesa, Lily no pudo reprimir un comentario malicioso.

—La curiosidad es un pecado —dijo con tono santurrón—. Por supuesto que quería leer todo eso.

Wulfgar volvió la vista hacia ella y se echó a reír. La joven no supo a quién de los dos le sorprendió más la risa.

Jermaine, sonriente, recogió los papeles y enrolló los mapas. Wulfgar se desabrochó el cinto con la espada y dejó el arma sobre la mesa. Gordon se acercó a tomar su capa, su peto y sus guanteletes.

—Tráenos vino caliente —ordenó el Lobo.

—Sí, señor. —Gordon inclinó la cabeza y salió, seguido por Jermaine.

Con nadie más que amortiguara el impacto de la presencia de Wulfgar, el interior de la tienda se encogió todavía más.

Debajo del peto, él llevaba un relleno de cuero. Desató las ataduras y se acercó hacia el brasero, al lado de ella. Cuando se quitó el relleno y lo arrojó sobre una silla, ella vio que llevaba una camisa de lino negro, abierta a la altura de la garganta bronceada. El aire se llenó de poder. Era el poder de la personalidad de él, el poder de la diosa.

Lily reprimió el impulso de retroceder y luchó por mantenerse firme a cualquier precio.

La psique de él… Su psique era la sombra de un lobo de tamaño enorme, que estaba acuclillado como si se dispusiera a saltar, con la atención fija en ella.

Wulfgar era, inconfundiblemente, uno de los dos hombres que había visto en visiones en los últimos años. Hacía un tiempo que ella sabía que iría a Calles, pero ahora que estaba allí, no tenía ni idea de cómo actuar con él.

El Lobo acercó sus manos con cicatrices a los carbones ardientes del fuego y dijo con amabilidad:

—Supongo que habéis evaluado el campamento. Esa es una de las razones por las que accedisteis a venir, ¿verdad?

—Lo es —respondió ella con cautela—. Y sí, lo he

hecho.

—¿Habéis averiguado lo que queríais saber?

—Todavía no estoy segura —admitió ella—. En la abadía tenemos muchas fuentes de información dispares y no entiendo cómo encajan unas con otras.

Wulfgar se volvió y la miró de frente. Fue un simple cambio de postura, pero a ella se le erizaron los pelos de la nuca.

—No he captado magos del clima en el campamento —añadió, quizá imprudentemente.

El destino era como un río dorado que los arrastraba a todos a una orilla desconocida. Las visiones se le amontonaban sin cesar, hasta que ya no estaba segura de lo que podía decir o hacer.

Margot hacía bien al temer que saliera de la abadía. No estaba preparada para ir a ninguna parte sola.

Wulfgar apretó los labios.

—Porque no los hay —dijo—. ¿Creíais de verdad que yo podía estar detrás de las inclemencias de este invierno prematuro?

Lily se esforzó por permanecer anclada al presente. Alzó un hombro.

—Intentad imaginar las cosas desde nuestro punto de vista. Sabéis las cosas terribles que hemos oído sobre vuestro ejército en marcha. Una fuerza invasora que quema granjas y ejecuta a la gente podría usar también el clima como arma para dominar a una población.

El Lobo soltó un resoplido y negó con la cabeza.

—Una decisión así paralizaría a mis tropas tanto como a cualquier otro que estuviera cerca. Ningún general en su sano juicio lanza una campaña en pleno invierno, y en este momento hace tanto frío antes de tiempo, que eso será lo que tengamos si no paramos pronto a esos magos del clima. Quieren obligarme a detenerme.

Mientras escuchaba, Lily se apretó el labio inferior con los nudillos de las manos cruzadas. Lo que él decía era muy razonable.

—¿Tenéis brujas en vuestro ejército? —preguntó.

—Ninguna con tanto talento como las sacerdotisas de Camael—gruñó él—. ¿Por qué creéis que he venido con regalos de manuscritos y oro? Si tuviera la costumbre de regalar grandes sumas de riqueza a toda la gente con la que me encuentro, no me quedarían fondos para pagar un ejército. Mis brujas combaten los ataques del clima lo mejor que pueden, pero son muy pocas. Están agotadas y todavía seguimos acampando al aire libre.

La joven hizo un gesto de dolor, que arrugó la piel fina en torno a sus ojos.

—Necesitáis refugio.

—Sí. Por eso me he quedado en la ciudad. He hablado con los dueños de las posadas y los guardianes de burdeles para negociar condiciones y que mis tropas puedan turnarse hospedándose en edificios. Mañana Jermaine y yo buscaremos a nuestro envenenador entre los soldados que iban esta tarde en la barcaza. También quiero negociar con los habitantes de Calles el alquiler de sus casas. Podéis llevar los detalles de mi oferta a la abadía por la mañana.

Lily frunció el ceño.

—Puedo intentarlo.

La expresión de él se volvió impaciente.

—Puesto que de todos modos se esconden en la isla, no hay motivo para que no puedan ganarse un dinero mientras tanto. Mi oro es tan bueno como cualquier otro.

—Tenéis razón, pero es más complicado que el mero

hecho de que los habitantes de la ciudad cobren alquiler mientras están ausentes de sus casas. —Lily se pellizcó el puente de la nariz con el índice y el pulgar e intentó pensar en el tema como lo haría Margot—. Simpatizo con vuestra posición, pero esto es algo parecido a que la Elegida hubiera aceptado vuestros regalos. Parecería que os apoyamos. Calles estaría, de hecho, eligiendo un bando.

Calles tendrá que elegir un bando —dijo él con brusquedad—. Guerlan o Braugne. De eso no hay duda.

Cuando él habló, Lily sintió un aliento de aire en la piel, como si la rozara el manto de alguien enorme que pasara por allí. Supo que la diosa estaba cerca.

Por supuesto, él tenía razón. Ella había visto acercarse aquello desde que era niña.

Igual que las rocas y la arena se movían en la orilla con la marea, así habían ido cambiando las visiones con los años. Hasta hacía poco, que se habían quedado fijas en una dicotomía inmóvil.

Un invierno duro después de una cosecha escasa. Los reinos de Ys se llenaban de disturbios.

Una oscuridad sobre la tierra, como si muriera el sol. El choque de espadas.

Dos hombres, un lobo y un tigre, luchando en combate mortal. Uno de ellos tenía un hambre insaciable, que reduciría Ys a polvo.

Y la caída de Calles. En todas las visiones cambiantes, esa era la única parte que permanecía inmutable.

—No —susurró ella, con dolor de corazón—. No podemos permanecer neutrales, ¿verdad? Aunque nos gustaría.

—Parece que hayáis visto un fantasma.

Lily apartó de sí las imágenes y entreabrió los labios en

una sonrisa forzada.

—Aquí no hay fantasmas, solo un camino incierto al futuro —dijo.

La mirada de él era demasiado perceptiva para su gusto. Esa vez fue Wulfgar quien suavizó la voz.

—El futuro tendrá que esperar unas horas —dijo—. No he almorzado y me muero de hambre.

Volvió a la mesa, tomó un frasco de caviar y giró la tapa. Abrió un paquete de galletas saladas, desenfundó el cuchillo que llevaba al cinto, echó parte del caviar en la galleta plana y se la metió en la boca. Cerró brevemente los ojos y masticó con un placer que resultaba evidente en sus rasgos fuertes.

A Lily le cosquilleó la piel al verlo consumir aquella exquisitez con un placer sensual tan innegable. Aquello era… erótico. Al pensar esa palabra, sintió calor en la piel.

—¿Habéis probado el caviar? —preguntó él.

—No. —Ella miró el fuego del brasero—. Hay muchas cosas de esa tienda que no he probado. Las importaciones de la Tierra son caras.

Wulfgar le tendió una galleta salada con caviar.

—Tomad.

La joven lo miró sorprendida.

—Gracias. Pero no puedo.

Wulfgar frunció el ceño.

—No seáis ridícula. Tomadlo —insistió.

Frunció el ceño con fiereza y ella dejó de protestar. Tomó la galleta que sostenían los dedos largos de él y la mordió con curiosidad. Su boca se llenó de perlas de sabor salobre y galleta.

En los ojos oscuros de él brilló una chispa de regocijo.

—Tenéis un rostro expresivo, pero no consigo saber lo que trasmite en este momento. ¿Qué os parece?

Lily tragó saliva antes de contestar.

—Sinceramente, no estoy segura. No me gustan mucho los sabores de pescado. Es muy interesante. Intenso.

—Es fabuloso. Tomad más. ¿No? El chocolate, pues. —Antes de que ella pudiera protestar, el Lobo abrió una de las tabletas de chocolate, la partió en pedazos y se los ofreció. Cuando ella vaciló, él pareció percatarse de algo.

—El chocolate sí lo habéis probado y os gusta.

—Me encanta —respondió ella con un gemido.

Estaba muy indecisa. ¿Era apropiado que lo aceptara?

Nunca había sido una experta sobre lo que resultaba apropiado y lo que no.

Olía el chocolate y le parecía que olía a paraíso.

—¡Por los dioses, mujer! ¿Qué ocurre? Si os encanta, ¿por qué os reprimís? Solo es comida, no manuscritos y oro. —Él tomó un pedazo y se lo colocó entre los labios.

Sorprendida por la intrusión repentina en su espacio personal, ella abrió la boca y su lengua entró en contacto con el dulce. Aquello era ridículo. Ya no podía escupirlo. Lo había chupado.

Sus ojos se encontraron con los de él y soltó una carcajada, con las manos a modo de plato debajo de su barbilla para evitar tirar el pedazo accidentalmente.

Wulfgar sonrió. Encima de su cabeza, el lobo también sonrió.

Lily notó una ráfaga de aire frío a sus espaldas, y tanto el comandante como ella se volvieron.

Había entrado Gordon, que llevaba una bandeja con dos copas y una jarra de peltre. Su expresión era tan impenetrable como siempre, pero cuando vio las caras sonrientes de ambos, su psique se volvió más oscura y afilada. Cuando ofreció el contenido de la bandeja a Lily, su psique le bufó.

La joven se esforzó por no reaccionar. Al tomar la copa, observó la bebida y a él.

¿Era Gordon el envenenador que había captado en el muelle?

Capítulo Cuatro

No, Lily no captaba nada extraño en el vino y aquel hombre era demasiado directo para recurrir al veneno. De eso estaba casi segura. Si Gordon quisiera matar a alguien, se lanzaría a la yugular. O al corazón.

El veneno requería paciencia sigilosa, nervios de acero y habilidad para mentir —o al menos para confundir— bajo presión a alguien con sentido de la verdad.

—Gracias —dijo ella, aceptando la copa.

Gordon hizo una pequeña reverencia, tendió la otra copa a Wulfgar y dejó la jarra en la mesa.

—¿Es todo, mi señor?

—No, encarga una cena temprana —repuso Wulfgar—. Dile a Jada que traiga dos platos, para la sacerdotisa y para mí. Quiero que prepares aposentos para ella. Después de cenar, se instalará en ellos. Y que esté cerca de mí.

Una vez más, disponía de ella como si fuera de su propiedad. Lily frunció el ceño y abrió la boca para hablar, pero Gordon se adelantó.

—¿Le preparo mi tienda? —preguntó—. Está al lado de la vuestra, y para los guardias será fácil protegerlas al mismo tiempo. Puedo prepararme un camastro aquí, si os parece bien. O si lo preferís, seguro que Jermaine estará dispuesto a hacerme un hueco en su tienda, pero tendréis que enviar a buscarme si queréis algo.

—Adelante, pues, quédate con Jermaine —repuso Wulfgar—. Cuando llegue la cena, ya no necesitaré tus servicios hasta mañana. No olvides añadirle a tu tienda otro brasero y combustible de sobra. Y coloca mantas extra en la cama.

—Muy bien, señor. —Gordon hizo una inclinación de cabeza y salió.

Lily observó el contenido de su copa con una sensación agridulce. Cuando Wulfgar se volvió hacia ella, sintió su mirada casi como si fuera un contacto físico.

—¿Qué implica ahora esa expresión? —preguntó él, que parecía divertido.

Lily tomó un sorbo de vino, más por ganar unos instantes que por un deseo auténtico de beber. Sabía lo que haría Margot en su lugar: reaccionar con furia ante aquel tratamiento autoritario y probablemente iniciar otra discusión. Pero eso no sería muy productivo.

El vino caliente, especiado con canela, clavo y naranja, fue una explosión de sabor en su boca. Después de tragar, dijo con cautela:

—No estoy acostumbrada a que hablen de mí como si no estuviera presente o dispongan de mí como de un… un cajón lleno de libros. Pero tampoco tengo experiencia en ser intermediaria con nadie, así que…

—Tomo nota. La próxima vez os incluiré en la conversación. —Él se sentó, extendió sus largas piernas y bebió vino—. ¿Cómo veis vos vuestro papel?

Lily se encogió de hombros.

—No soy una sirvienta, pero tampoco soy una embajadora oficial. Margot básicamente me dijo que intentara comportarme y explicar lo que vos necesitéis que os explique.

—Y que nos evaluarais a mi campamento y mí —terminó él.

Su mirada era penetrante. Lily volvió a sentir lo que ya había sentido en el muelle, que él captaba todos los detalles relacionados con ella y probablemente veía más de lo que ella quería que viera. Ese pensamiento la hizo sonrojarse.

—Sí —admitió.

—Pues evaluadme. —Él señaló la silla vacía que tenía enfrente—. ¿Qué es lo que veis?

Lily se trasladó a esa silla y lo observó. La camisa de lino negro dejaba al descubierto las líneas fuertes y limpias de la garganta y el volumen aumentado del músculo encima del pectoral. Incluso en una postura tan relajada, él conquistaba el espacio y las puntas de sus botas llegaban casi hasta las de ella. El cabello oscuro le caía sobre la frente y daba un aspecto infantil a sus rasgos duros.

No, esa no era la palabra correcta. El hombre peligroso sentado frente a ella no tenía nada de infantil.

Truhanesco. Esa era la palabra. El cabello desaliñado parecía traicionar la disciplina que había mostrado hasta el momento. Ella lo divertía.

—Lleváis dentro una gran cantidad de rabia y tenéis la ambición de conseguir lo que os habéis propuesto. No podíais esperar hasta la primavera, necesitabais entrar en acción de inmediato. No volveréis atrás ni os desviaréis de vuestro camino, pero sois disciplinado y, a pesar de vuestra furia, pensáis en el bienestar de vuestros hombres. Por lo poco que he visto, tenéis un código que estáis decidido a cumplir siempre que podáis. No os he visto lo suficiente para saber lo que puede ocurrir con ese código cuando os sintáis coaccionado.

Mientras ella hablaba, los ojos de él perdieron su brillo

truhanesco y Lily guardó silencio, insegura de pronto. Quizá lo había captado mal. Tal vez él no quisiera oír lo que pensaba, pero entonces ¿por qué se lo había preguntado?

Quería retirarse de allí. Las situaciones sociales, del tipo que fuesen, no se le daban bien.

—No paréis ahora. —Él terminó de un trago el vino de su copa—. Acabáis de empezar.

Eso significaba que de verdad quería oír lo demás. ¿O no? Lily se mordió el labio inferior y continuó:

—No os negáis a aprovechar cualquier oportunidad que se os cruce en el camino, y nunca dejáis de pensar cómo dar la vuelta a las cosas para que os sean ventajosas. Sois un estratega. A mí no se me da bien la estrategia, así que me pondría nerviosa jugar al ajedrez con vos, porque siempre pensáis cuatro pasos por delante. Vuestras palabras sonaron sinceras cuando dijisteis que no matasteis al señor de Braugne. No habéis dicho claramente quién creéis que fue, pero es obvio que consideráis al rey de Guerlan un antagonista, así que, naturalmente, de ahí se pueden sacar conclusiones. Y sin embargo, esta campaña vuestra no es solo por vengar la muerte de vuestro señor. Tenéis alma de conquistador.

Lily vaciló, pero acabó por decirlo todo.

—Creo que no descansaréis hasta que tengáis todo Ys bajo vuestro gobierno.

Cuando terminó, él la miró con la misma expresión dura y sombría que había mostrado en la barcaza. Impredecible. Inflexible. El lobo de su psique también la observaba, y su figura estaba tensa, como si se dispusiera a atacar.

—Eso no me lo esperaba —comentó él, con voz suave y calmada.

✧   ✧   ✧

WULF VIO QUE Lily se mordía el labio inferior.

Era la personificación de la delicadeza. Rasgos pequeños, huesos esbeltos bajo una piel delgada y cabello fino, que se había salido de su confinamiento y le caía sobre los hombros como una cascada brillante de seda. Sus dedos largos acariciaban el borde de la copa, y cuando tragaba saliva, la luz del fuego del brasero mostraba un juego sutil de sombras en sus músculos del cuello.

Wulf había conocido y valorado a muchas mujeres hermosas en su vida, pero Lily era algo más que simplemente hermosa.

Era fascinante.

A diferencia de las damas que seguían la moda y protegían su piel, ella lucía un bronceado del sol del verano, pero eso no impedía que se vieran todas las fluctuaciones de color de sus mejillas, que traicionaban lo que sentía.

—¿Demasiado? —preguntó ella con nerviosismo.

—En absoluto. Para ser sincero, no creía que fuerais capaz. —Él dejó su copa a un lado—. Empiezo a entender por qué ha accedido vuestra primera ministra a que vinierais conmigo.

Alguien que no la observara con tanta atención quizá no se diera cuenta del modo en que ella se quedó en suspenso al oír eso, pero él sí se la dio, y esperó cualquier confesión que ella tuviera a bien hacerle.

Lily dobló la cabeza para beber, tomó otro sorbo y preguntó:

—¿Qué queréis decir?

Wulfgar reprimió una sonrisa. Ella utilizaba la copa, gruesa y poco manejable, como si pudiera esconderse detrás de ella.

Su ingenuidad le resultaba divertida. Después de todas las observaciones astutas que acababa de hacer, debería saber que nada podía esconderla de él cuando ya se había fijado en ella.

—Tal vez seáis torpe en situaciones sociales, pero lo compensáis con creces con lo observadora que sois —dijo. Hizo una pausa y a continuación habló con tono más ligero—: Creo que debéis comer más chocolate.

Lily se sentó más recta, abrió mucho los ojos y un amago de risa puso de nuevo en su rostro aquel toque especial tan espectacular.

—No, gracias. Estoy segura de que no debo. Probablemente no tendría que haberlo probado, pero me lo habéis puesto en la boca, ¿y qué podía hacer yo? Es demasiado caro para escupirlo en vuestras alfombras.

—Puedo volver a hacerlo —dijo él, con una voz tan baja que era casi un susurro—. Puedo poneros un trozo entre los labios, ¿y qué haríais entonces?

La sacerdotisa lo miró a los ojos, con una mezcla deliciosa de rechazo escandalizado, deseo impotente y esa risa reprimida que revoloteaba como una mariposa blanca en un viento impredecible.

Entre ellos se estableció una especie de vínculo, innegable e inesperadamente potente.

Wulf había querido jugar un poco con ella. No había esperado encontrar sexy a aquella mujer pequeña y desmañada.

Con movimientos lentos para no asustarla, se puso de pie y preguntó en voz baja:

—¿Queréis que os diga lo que veo yo en vos?

El amago de risa desapareció del rostro de ella.

—No creo que sea un buen modo de utilizar nuestro

tiempo juntos, comandante.

Ese intento de establecer una relación más formal le resultó irritante a él.

—No me llames comandante. Llámame Wulf. —dijo. Tomó la tableta de chocolate de la mesa y avanzó hacia ella—. En tu opinión, ¿cuál sería un buen modo de emplear nuestro tiempo juntos?

—Creo que deberíamos seguir hablando de Calles, de Braugne y de cuál puede ser el mejor modo de… de… de… —Cuando él se arrodilló frente a ella, Lily se echó hacia atrás en el asiento y su mirada pasó de la cara de él al chocolate que sostenía en la mano. Wulf le quitó la copa y la dejó a un lado.

—¿De qué, Lily? —preguntó. Cortó un trozo de chocolate de la tableta—. ¿De fortalecer las relaciones entre nosotros?

La joven se sonrojó de un modo muy seductor.

—No deberíais ser tan… tan… —rezongó.

—¿Tan qué, Lily? —Wulf se inclinó hacia ella y rozó su labio inferior con el chocolate—. Creo que ya sabes lo que voy a hacer. Dime sí o dime no.

La miró a los ojos y adivinó que ella había empezado a preguntarse si él seguía hablando del chocolate. Abrió la boca y le temblaron los delicados labios al borde de una respuesta.

En aquel momento, él sintió un deseo tan fuerte como un golpe de espada. Deslizó el chocolate entre los labios entreabiertos de ella y lo pasó a lo largo de la lengua. Después de un momento de duda, ella cerró los labios sobre el dulce y succionó.

Wulf respiró hondo y sintió una tensión en la entrepierna. Sí, la conversación ya había tomado un giro muy distinto.

Levantaron la solapa de la tienda y un hombre alto y delgado envuelto en una capa entró tiritando. Era Jada y llevaba una bandeja con comida.

Esa intromisión hizo que Lily se apartara de golpe de Wulf y se limpiara la boca con el dorso de la mano. El Lobo se levantó desde su posición arrodillada. Un soldado experimentado sabía cuándo seguir avanzando y cuándo retirarse.

Jada se había quedado inmóvil a medio camino. Pasó la mirada rápidamente de Lily a Wulf y luego a la bandeja cargada que trasportaba.

—¡Por los dioses! —gritó Wulf—. No te quedes ahí parado con la tienda abierta. Entra.

—Por supuesto, mi señor. —El hombre se adelantó y la puerta de la tienda cayó detrás de él, bloqueando el terrible frío—. Dejo la comida y me retiro.

Wulf miró a Lily, quien, con las mejillas muy rojas, había abierto un libro y fingía estudiarlo con atención. El Lobo reprimió una carcajada.

No recordaba cuánto hacía que no deseaba tanto a una mujer como deseaba a aquella, ni cuánto tiempo hacía que no se divertía tanto.

Esta conversación no ha terminado, le dijo telepáticamente, con una voz sedosa cargada de intención.

Lily cerró el libro con brusquedad y agarró otro.

No sé de qué habláis, comandante.

Comandante no, Wulf.

¡Muy bien, pues! ¡Wulf! Tampoco debería haber comido el segundo trozo de chocolate. Probablemente iré al infierno por eso.

¿De qué hablas?, él quería reír. *¿Qué es ese infierno al que te refieres y por qué vas a ir allí por comer chocolate?*

La joven hundió los hombros.

Las religiones de las Razas Ancianas no tienen infierno, ¿verdad? Es un concepto de la Tierra. Es adonde vas cuando has sido muy malo.

¿Y por qué has sido tú mala? ¿Es por el tema político? ¿Por lo que dijiste de elegir bandos? Toda prueba de cualquier pecado relacionado con el chocolate se ha derretido. Wulf no pudo resistirse y se acercó a ella.

Aunque Lily no alzó la vista del libro, su respiración se aceleró al acercarse él. Era tan consciente de la presencia de él como de sí misma.

Wulf se colocó detrás de ella y se agachó para susurrarle al oído.

—Tranquila. Te doy mi palabra de que nadie tiene por qué saber lo que ocurra en esta tienda.

Observó el perfil de ella a la luz dorada del fuego. Vio que se lamía los labios, notó la sombra que creaban sus pestañas oscuras en las mejillas. Ella lo miró por el rabillo del ojo y él casi la estrechó en sus brazos allí mismo, a pesar de la presencia del sirviente que colocaba los platos de la cena en la mesa.

Pero no tenía tiempo para eso. No tenía tiempo para ella.

El asesino de su hermano se sentaba en el trono de Guerlan. Magos del clima trabajaban sin cesar para amenazar a su ejército, y él tenía ambiciones. Sí, ¡por los dioses que ella había acertado! Tenía ambición.

Aquella mujer no entraba en ninguno de sus objetivos ni maquinaciones. Y, sin embargo, se sentía tentado a perder el tiempo, aunque fuera solo un momento, a compartir su calor con ella en una amarga noche de invierno, a sonreír ante las muchas maneras en las que ella conseguía ser trasparente y, sin embargo, también sorprenderlo.

A descubrir el sabor de su boca, la sensación de su cuerpo contra el de él.

En la fugaz intimidad creada por su cuerpo grande, interpuesto entre el de ella y el sirviente, alzó una mano para tocarle la satinada piel del cuello y la línea de la mandíbula. La sintió tragar saliva bajo su mano, y se empalmó de tal modo con aquel pequeño contacto, que tuvo necesidad de moverse.

Moverse hacia ella o moverse para apartarse.

—Rellenaré las copas de vino y las añadiré a la mesa, mi señor —murmuró Jada.

Aunque el sirviente hablaba en voz baja, su comentario fue una intrusión. Lily se apartó del contacto de Wulf, cerró el libro y lo dejó en el montón. Le temblaban las manos.

El Lobo respiró hondo para recuperar la compostura y controló su temperamento para no gritarle al sirviente.

—Por supuesto —repuso.

Jada recogió las copas con movimientos precisos, las dejó en la mesa, volvió a llenarlas y se apartó. Wulf reprimió una sonrisa y se preguntó cómo sería conversar con Lily durante la cena. Estaba impaciente por descubrirlo.

La joven se había alejado varios pasos y lo miraba casi como si esperara que la siguiera.

Y él sentía tentaciones de hacerlo, pero un estratega también sabía jugar a largo plazo. Señaló la mesa.

—Ven a sentarte. La comida en campaña no suele ser muy elaborada, pero la cena estará caliente y llenará el estómago.

—Huele muy bien. —Ella miró la mesa y enarcó las cejas. Se acercó, se sentó en uno de los tres tocones cubiertos de cuero que hacían de sillas e inspeccionó la comida que había en su plato.

Wulf miró también el suyo. Estaba lleno a rebosar con una ración generosa de carne asada de venado, patatas, zanahorias y salsa espesa, todo muy normal y fácilmente reconocible, así que no sabía qué era lo que había provocado la reacción de ella.

—Ya te he dicho que no es comida de lujo, pero tengo un buen cocinero y uno de mis guardias prueba toda la comida y bebida que entra en mi tienda. —Se sentó frente a ella y tomó su copa de vino.

Cuando se la llevaba a los labios, la expresión de ella cambió.

Dio un salto y le tiró la copa, que voló por el aire, derramando vino en un chorro escarlata, como si fuera sangre saliendo a borbotones de una herida en la arteria.

Wulfgar miró los ojos de ella, asustados y muy abiertos. La agresividad cobró vida en su cuerpo y sus pensamientos corrieron como un caballo desbocado.

Ya habían bebido del vino de la jarra. Y la habían probado antes de meterla en la tienda. El único modo de que pudiera contener veneno era…

Antes de que la copa de vino terminara de caer en su inevitable arco hacia abajo, Jada se movió al mismo tiempo que el Lobo y sacó un cuchillo largo que llevaba envainado al cinto. Cuando Wulf agarró su espada, el otro dio una patada en la parte superior de la mesa.

Las tablas estaban simplemente colocadas encima de la estructura de madera. Los platos de comida, los frascos de caviar y el chocolate volaron por todas partes. Uno de los tablones golpeó a Wulf en el pecho y lo dejó un momento sin respiración. Lily se apartó, tropezó y cayó sobre las alfombras.

Jada saltó.

Sobre Lily.

Wulf agarró la espada con la funda, pero no tuvo tiempo de desenvainar. Arrojó el tablón a un lado con un gruñido y saltó sobre el otro hombre.

Ágil como un gato, Jada se giró para clavarle el cuchillo. Wulfgar subió la espada y bloqueó el cuchillo antes de que llegara a su garganta, pero Jada le clavó la hoja en el dorso de la mano, provocándole un ardor intenso.

Lily gritó. Todavía en el suelo, debajo de los dos hombres, se había colocado boca abajo e intentaba apartarse arrastrándose.

Wulf agarró con fuerza la funda de la espada, con intención de usarla a modo de garrote, y golpeó a Jada en la cara. El pómulo de este se rompió con la fuerza del golpe.

A menudo, el resultado de un combate se decidía, no en momentos, sino en fracciones de momentos. La decisión de moverse a la izquierda en lugar de a la derecha, de zigzaguear en lugar de agacharse, o de tomarse un momento para respirar en lugar de atacar con fuerza, por mucho que los instintos del cuerpo pidieran eso, y por mucho que pudieran herirte.

El combate de Jada terminó en el momento en el que gritó y se echó para atrás. Luchó todavía, se debatió aún, y tal vez incluso creyera que seguía teniendo posibilidades, pero Wulf sabía ya que no.

Porque él sí sabía cómo presionar pasara lo que pasara, cómo montar aquella ola, porque cuando la furia de la batalla se apoderaba de él, lo dividía todo en esas fracciones de momentos y así le resultaba fácil verlos, y eso hacía que fuera mucho más rápido y fuerte que su oponente.

Siguió golpeando a Jada como si fuese un ariete,

pegando una y otra vez. De la herida que tenía en el dorso de la mano y de las heridas abiertas en el rostro contorsionado de Jada salía sangre que se esparcía por todas partes. En la mente de Wulf solo cabía un pensamiento asesino: abrirle el cráneo al otro como si fuera un huevo.

Jada intentaba protegerse la cara con un antebrazo y atacaba con el otro. Wulf le agarró la muñeca que sujetaba el cuchillo y se la rompió. El cuchillo cayó al suelo.

Un viento frío entró en la tienda cuando los guardias la abrieron para entrar.

Entonces, un peso cayó sobre la espalda del Lobo y unos brazos finos le agarraron el cuello desde atrás.

—¡Wulf, para! ¡Lo vas a matar! —le gritó Lily al oído.

Aquello lo sorprendió tanto, que hizo lo que le decía. Se detuvo.

Capítulo Cinco

MUCHO MÁS TARDE, Lily escuchaba el alboroto del campamento tumbada en la cama de la tienda de Gordon.

Wulf y sus soldados estuvieron ocupados bastante tiempo. Durante la espera, por la mente de Lily cruzaban imágenes deshilvanadas de los acontecimientos del día.

El salvajismo obcecado con el que habían luchado los dos hombres. Wulf se había transformado en un asesino, muy distinto al hombre juguetón que le había puesto amablemente un trozo de chocolate en la boca.

Eso no le había impedido saltar sobre su espalda. Casi se reía al recordar la expresión incrédula de él cuando la había mirado de hito en hito por encima del hombro, pero una parte de ella seguía en *shock*, y era un poco pronto para reír. En sus veintisiete años de vida, había experimentado muchas cosas extrañas, pero nunca había estado en medio de una pelea.

Y había logrado su objetivo. Él se había detenido el tiempo suficiente para que ella le dijera:

—Si lo matas, no obtendrás respuestas.

Fue en ese momento cuando la mirada de él volvió a ser racional. Cuando se levantó del cuerpo tumbado boca abajo del otro, ella lo soltó. Unas manos fuertes la agarraron por la parte de atrás del cuello y le retorcieron un brazo a la espalda.

Wulf se acercó con un rugido al guardia que la había agarrado.

—¡Atrás! —le ordenó—. Ella no me atacaba.

El guardia la soltó al instante y tartamudeó una disculpa, mientras otros se arremolinaban alrededor del sirviente. Lily captó sus psiques peligrosas, violentas, junto con ráfagas de frío extremo mezcladas con el calor de la tienda. Gordon entró deprisa, seguido por Jermaine. Todos querían pelea, pero la lucha había terminado ya.

Wulf se convirtió en el ojo frío y calmado del huracán. El asesino salvaje se retiró y el comandante ocupó su lugar. Espetó órdenes y se llevaron al sirviente. Lily se estremeció al pensar cómo sería el resto de la vida de aquel hombre.

Habría tenido una muerte rápida, si ella no lo hubiera impedido. La rapidez habría sido misericordiosa.

Se situó en un extremo de la tienda y observó hasta que Wulf apareció de pronto ante ella. Llevaba un trozo de tela atado alrededor del corte de la mano.

La agarró por los antebrazos y dijo perentoriamente:

—Dime dónde estás herida.

—¿Qué? No, no estoy herida —repuso ella.

Tendría algunos moratones importantes de cuando la habían pisoteado antes de que consiguiera quitarse de en medio, y las costillas le dolían un horror porque la había golpeado una de las tablas de la mesa, pero nada más. Se había hecho heridas peores de niña, cuando se caía de los árboles.

Wulf se acercó tanto, que su torso rozó el de ella y Lily sintió el calor que emanaba de él. Aunque la tienda estaba llena de gente, estaba tan rodeada por la presencia de él, que era casi como si estuvieran solos.

El hombre pasó los dedos por la parte delantera de ella y le acarició la mejilla. Cuando apartó los dedos, estaban manchados de sangre.

—Estás sangrando por alguna parte.

Lily miró las manchas de color escarlata de la tela blanca de algodón de su camisa, la expresión tensa de él y sonrió.

—La sangre es tuya, no mía. La has lanzado por todas partes mientras luchabas.

Wulf la sujetó en la unión entre el cuello y el hombro. El peso firme de su mano sobre ella hizo que la joven se diera cuenta de que estaba temblando.

—No vuelvas a meterte nunca en medio de una pelea de ese modo.

—Alguien tenía que pararte. —Ella se frotó la frente—. No sabes si él es el único que hay en tu campamento.

—Podrías haber resultado malherida o incluso haber muerto. —Wulf la miraba a los ojos con intensidad.

¿Estaban discutiendo? Lily no lo sabía. Había sido un día muy complicado, estaba cansada y la energía que le había dado el terror empezaba a menguar.

—Pero no ha sido así.

La voz de barítono de él sonó entonces dentro de su cabeza.

Mi doctor ha examinado unas gotas del vino de la jarra. La cantidad de belladona que había en él era mucho mayor de la que pudo haber causado la disentería entre mis tropas. Dice que un par de sorbos habrían sido fatales. Me has salvado la vida.

Lily le contestó también telepáticamente. *Supongo que sí.*

No había pensado en eso. Simplemente había reaccionado al darse cuenta de que el vino estaba envenenado. Si hubiera sido una persona calculadora, se habría callado, lo habría dejado beber de su copa y así habría desaparecido el inoportuno problema de qué hacer con el Lobo de Braugne.

El papel que había jugado al decidir el destino del envenenador la perturbaba, pero la mera posibilidad de que Wulf hubiera podido morir hacía que se sintiera físicamente enferma.

Y eso le resultaba, como mínimo, extremadamente desconcertante.

Wulf le pasó el pulgar por la piel y el pelo de ella ocultó la caricia. *Gracias.*

Incapaz de hablar, ella se limitó a asentir con la cabeza.

Jermaine apareció al lado del codo de Wulfgar. Su expresión dura era muy distinta a la del hombre amable que la había ayudado a subir y bajar de la barcaza.

—Estamos preparados.

—Bien. —La voz de Wulfgar se volvió brusca, aunque tardó un poco en soltar a la joven—. Tenemos que saber si trabajaba con alguien más del campamento y, de ser así, quiénes son. También quiero saber qué hizo que se convirtiera en traidor. Si le ofrecieron dinero o si los espías de Varian tienen algo contra él. Y cuando se dio cuenta de que lo habíamos descubierto, no se lanzó contra mí, sino contra Lily. Quiero saber si había una razón para eso y si ella puede estar todavía en peligro.

Lily, entonces, contuvo la respiración y se quedó paralizada, como un conejo perseguido por una jauría.

Como si no moverse le fuera a servir de algo.

Jermaine pensó un momento en aquello.

—Se lo preguntaré, pero si al final la cosa terminaba en una pelea entre vosotros dos, él estaba en clara desventaja. Tenía que saber que no podía ganar. Tal vez quisiera usarla como rehén, porque una vez descubierto, era el único modo de que pudiera salir de esta con vida.

La expresión de Wulfgar era sombría.

—Tal vez fuera eso, pero si le ocurriera algo a la sacerdotisa confiada a mi cuidado, podemos despedirnos de cualquier posible colaboración con la abadía. Tenemos que estar seguros. —Alzó la voz—. ¡Gordon!

Este apareció al instante, como por arte de magia.

—Señor.

—Instala a Lily en tu tienda y dale algo de cenar. Y duplica la guardia de fuera. —Se volvió hacia ella con brusquedad—. Acabo de disponer de ti como si fueras un baúl lleno de libros.

No era una disculpa, pero al menos lo reconocía. Lily sintió el impulso estúpido de sonreírle, pero lo ahogó. Sus impulsos y emociones eran exasperantes, confusos y totalmente descontrolados.

—Tienes muchas cosas entre manos.

—Sí, y puede que desmantele todo el campamento antes de la mañana para estar seguro de que hemos extirpado otros posibles intentos de envenenamiento. —Wulf frunció el ceño—. Mañana también hay mucho que hacer. Procura descansar.

En un impulso, Lily le tocó el dorso de la mano.

—No os preocupéis por mí, yo estaré bien. Buenas noches, comandante.

El ceño de él se hizo más profundo y casi dio la impresión de que iba a reñirla por hablarle con tanta deferencia, pero en ese momento lo llamó uno de los guardias y se despidió con una breve inclinación de cabeza, antes de salir con Jermaine pisándole los talones.

Con él salió el calor que quedaba en la tienda. Lily se estremeció y se ató los cordones de la chaqueta.

Gordon se quitó la capa y se la echó por los hombros. Ella enarcó las cejas al sentir el calor de la prenda.

—Sois muy considerado —dijo—. Tenía la impresión de que no os caía bien.

Como siempre, había hablado sin detenerse a pensar en sus palabras, pero él no pareció ofenderse. La miró a los ojos.

—Le habéis salvado la vida a mi comandante —dijo—. No os odio.

Decía la verdad. Lily miró su psique y vio que la enemistad anterior había desaparecido.

—Aun así, necesitáis vuestra capa, y la mía tiene que estar por aquí.

—Ya la he localizado, pero no se puede usar. Tiene salpicaduras del vino envenenado y está pisoteada. Venid.

La guio al exterior. La joven apenas tuvo tiempo de sentir la mordedura del frío antes de que la introdujera en una tienda próxima más pequeña. El interior era muy sencillo. Había un camastro con mantas y pieles, un baúl pequeño y dos braseros, que despedían un calor tan intenso, que ella se quitó de inmediato la capa y se la devolvió a su dueño.

—Volveré enseguida con otra cena —dijo este—. No temáis. A pesar de lo sucedido, la comida del comandante se protege mucho y yo personalmente probaré vuestra cena.

Lily lo miró con exasperación. Él parecía olvidar que había sido ella la que había descubierto el intento de envenenamiento. Pero como no quería pisotear la recién descubierta amabilidad del hombre, dijo con gravedad:

—Gracias.

Gordon cumplió su palabra y volvió con comida y con otra manta. Era una prenda de soldado, sencilla, útil y demasiado grande para ella. Después de cenar, se envolvió en la capa y se adormiló hasta que los ruidos empezaron a remitir.

Entonces empezó de nuevo la magia del clima. El frío se hizo más intenso y, cuando se asomó al exterior, vio que había empezado a nevar.

No se atrevía a posponerlo más. Cuanto más tiempo se quedara, más se arriesgaría a que la descubrieran. No encontraría un momento mejor para hacerlo. Con un suspiro, envió una plegaria silenciosa a la diosa.

Y Camael respondió.

Un leviatán invisible se movió por el campamento. A Lily se le erizó el vello de la nuca y le cosquilleó la piel cuando la presencia de la diosa penetró en la tienda. Cuando pasó por encima de ella, la luz de los braseros se oscureció y de pronto lo veía todo como a través de un velo de gasa.

Alzó la puerta de la tienda y salió. Había guardias delante, y también en la tienda de Wulfgar, situados delante de fuegos, que habían sido bien alimentados para mantener a raya el frío. Todos estaban envueltos en capas dobles y se hallaban de pie al lado de un brujo, que canturreaba conjuros con un susurro ronco constante para repeler la magia del clima.

A pesar de que la zona estaba bien iluminada, nadie se volvió cuando Lily pasó cerca de ellos y se abrió paso por el ajetreado campamento.

Unos pocos soldados pasaron deprisa a su lado, y en una ocasión tuvo que esquivar a uno que estuvo a punto de chocar con ella, pero ninguno la miró. Cruzó el perímetro donde estaban los centinelas y la bruja que vigilaba con ellos. Lily, clavando los talones en la nieve, caminó a lo largo de la curva del camino, de vuelta a la ciudad y a los muelles.

Allí vigilaban también dos guaridas y una bruja, despilfarrando una energía preciosa en observar la isla, cuando nadie que se hubiera refugiado en la abadía, la abandonaría sin el permiso de la Elegida. Ellos tampoco vieron a Lily cuando entró en el muelle helado.

La noche era una extensión inmensa azul oscuro, llena de perdigones de nieve helada que pinchaban la piel, con la luna oculta tras un pesado banco de nubes.

La misma isla era una presencia voluminosa y oscura, iluminada a intervalos por chispas de luz en las ventanas de las torres, y Lily deseaba tanto estar en la comodidad y el refugio de su habitación, que casi podía saborearlos ya.

Miró las barcazas poco manejables con el ceño fruncido. No solo estaban congeladas en el sitio, sino que se necesitaban un par de personas para maniobrarlas.

¿Tendrías la bondad de ayudarme a llegar a casa?, preguntó a la diosa.

En respuesta a su plegaria, el hielo se agrietó y movió. Lily miró el agua y vio que un trozo grande de hielo pasaba cerca y se detenía al lado del muelle. Parecía ser un pedazo más grande que los otros. Presumiblemente, sería lo bastante fuerte para soportar su peso. La joven suspiró.

Recuerda, sé valiente como un león. Ten fe en que estoy contigo, murmuró la diosa.

Le había dicho aquellas mismas palabras cuando Lily era muy pequeña, pero la fe era mucho más fácil para una niña que no comprendía bien los problemas del mundo.

Apretó los dientes, bajó con cuidado la escalera resbaladiza y se colocó sobre el trozo de hielo. Este se inclinó con gentileza en el agua, lo bastante para hacerle contener el aliento, pero aguantó su peso. Por un momento, no pasó nada.

Luego empezó a moverse.

Lily se envolvió mejor en la manta prestada y miró la isla que se acercaba. Siguiendo el foco de su intención, el hielo no la llevó al muelle principal, sino que rodeó la isla hasta el muelle pequeño que daba al mar.

Subió con cuidado al muelle. El hielo lo cubría todo, y era especialmente grueso donde las olas lamían continuamente el saliente de piedra. También era rugoso e irregular, tanto que, aunque las suelas de sus botas eran lisas, pudieron aferrarse al suelo. Sacó una llave grande y se acercó a la puerta forrada de hierro, pero también esta estaba cubierta con una capa gruesa de hielo.

¡Qué maravilla! Miró a su alrededor, el aislamiento espléndido del paisaje marino semicongelado y a continuación el acantilado que se elevaba sobre ella, y a pesar de la prueba irrefutable del favor de la diosa, se sintió tonta y muy sola.

Hizo acopio de su magia y la lanzó en forma de una rudimentaria ráfaga de energía que golpeó la puerta. Esta se estremeció y el hielo que la cubría se rompió. Usando más magia, Lily se inclinó contra la puerta y se esforzó por sentir la pesada barra de hierro que había al otro lado. Después de varios intentos por moverla con telequinesis, por fin oyó un golpe sordo cuando la barra golpeó los escalones.

Casi congelada, hurgó a tientas con la llave en la cerradura de metal macizo. Como tenía los dedos entumecidos, se le cayó la llave y tuvo que recogerla. Cuando probó de nuevo a meterla en la cerradura, se abrió la puerta de golpe y cayó despatarrada hacia delante.

La escalera de dentro estaba llena de Defensores. Algunos sostenían antorchas y otros agarraban espadas desenvainadas. Varios escalones más arriba, se hallaban

Margot y unas cuantas sacerdotisas más, con sus poderes listos para atacar.

El aire se llenó de exclamaciones. Alguien la ayudó a levantarse y otros se asomaron fuera, al desolado paisaje marino.

—¡Lily! —Margot se abrió paso apartando a gente con los hombros. Miró también fuera un instante—. ¿Cómo demonios has llegado aquí?

—Sobre un trozo de hielo —contestó la interpelada, a la que le castañeteaban los dientes.

Margot la miró con incredulidad.

—¿Has navegado sobre un trozo de hielo por mar abierto en una tormenta de nieve?

—No lo he hecho sola. —Lily miró a su alrededor. Todos la miraban con desmayo y admiración—. No se me ocurrió que la puerta de este lado de la isla estaría cerrada por el hielo. Ha tenido que retirar el hielo antes de intentar abrirla.

—Varias de nosotras hemos sentido la ráfaga de energía. —Margot ordenó que cerraran y atrancaran la puerta de nuevo y le tomó las manos—. ¡Por la diosa bendita!, tú misma parece que te hayas convertido también en hielo. ¡Abrid paso!

Lily dejó que Margot le pasara un brazo por los hombros y la acompañara escaleras arriba. Solo se detuvo un instante para decir:

—Estamos tan seguras de que esto es impenetrable, que hemos descuidado poner guardia aquí abajo.

Margot se volvió de inmediato y alzó la voz.

—¿La habéis oído? Quiero que eso se remedie. Si Lily puede entrar, otra bruja también podría.

—Sí, mi señora. Pondré guardia aquí día y noche —

prometió la capitana de los Defensores.

A medida que subían escaleras y recorrían pasillos, las extremidades de Lily se iban descongelando y el agotamiento nublaba su mente. Empezó a tiritar.

—Dime qué necesitas. —Margot le apretó los hombros—. ¿Comida? ¿Infusión?

—De momento nada —contestó Lily, a la que todavía le castañeteaban los dientes—. Solo quiero calentarme y meterme en la cama.

Cuando llegaron a sus aposentos, Margot cerró la puerta con firmeza a las otras sacerdotisas curiosas que las habían seguido. Acompañó a Lily hasta una chimenea grande, donde ardía un buen fuego.

Las llamas no morían nunca en el hogar de Camael. Lily se dejó caer sobre un montón de cojines grandes de suelo y se acercó todo lo que pudo al calor.

Margot se acuclilló a su lado, le tomó las manos y se las frotó con brío. Tenía los labios apretados.

—¿Qué te ha empujado a regresar de un modo tan extravagante? ¿Te ha tratado mal?

—¡No! —exclamó Lily—. No, ni mucho menos —añadió con voz más queda. De hecho, me ha tratado muy bien. Es solo que… Han pasado muchas cosas y tengo que recapacitar sobre ellas. Él pensaba enviarme de vuelta por la mañana de todos modos, pero había una posibilidad de que pudieran descubrirme y quería irme antes de que ocurriera eso.

—Si descubría quién eres, quizá no te dejara marchar —comentó Margot—. Está bien. ¿Todo lo demás puede esperar hasta que hayas entrado en calor y descansado un poco?

—Sí, creo que sí. No, espera. —Lily le tomó las manos

para impedir que se retirara—. No creo que él sea responsable de la magia del clima y, en cualquier caso, sea quien sea el responsable, no podemos dejar que continúe sin hacer nada. Para empezar, porque si no paramos eso, el de Braugne se verá obligado a hacer algo desesperado.

—Y puede que no nos guste lo que haga —murmuró Margot.

—De momento intenta mostrarse cortés, pero si no le dan otra opción, se apoderará de la ciudad —contestó Lily—. Tiene que proteger a sus tropas. Y además, esa magia del clima está mal, Margot. Muy mal. Si continúa, matará a gente, si no lo ha hecho ya. Y si dejamos que ocurra cuando tenemos la facultad de pararlo, seremos también moralmente culpables. Quiero que seis equipos formados por nuestras sacerdotisas y Defensores más expertos vayan en busca de la fuente y paren los ataques al clima por todos los medios necesarios.

La reacción de Margot era compleja, en su mirada verde habitaban por igual miedo y satisfacción.

—Confieso que será agradable actuar. Pero si lo hacemos, perderemos cualquier semblanza de neutralidad en lo que pueda suceder luego.

Lily movió la cabeza.

—Ya te lo he dicho otras veces —dijo con impaciencia—. Es imposible que podamos permanecer neutrales.

—Se acerca una guerra y no podemos pararla —susurró Margot.

—No, no podemos —dijo Lily—. De un modo u otro, Calles va a caer, o bien ante Guerlan o bien ante Braugne. Nuestros días como principado independiente han llegado a su fin.

Capítulo Seis

L A EXPRESIÓN DE Margot se volvió tensa.

—¿Cuánto tiempo crees que tenemos? —preguntó.

—No lo sé. No mucho.

—¿Tú ves cómo va a ocurrir?

—No. —Lily se frotó el rostro cansado—. Pero nos toca a nosotras procurar que, cuando entreguemos nuestra autonomía, sea del modo que cause el mejor resultado posible para nuestra gente. Camael me ha preparado toda mi vida para entregar este mensaje. Todas las visiones y sueños que me ha enviado, todo llevaba a esto.

—Te creo. —Margot le frotó la espalda—. Pero cuando enviemos a esos equipos en esta misión, el Consejo nos combatirá. No es que nadie cuestione tu nombramiento. Toda la abadía asistió a la ceremonia de la Elección. Gennita ungió las frentes de todas nosotras con aceite y todos presenciamos la magnífica llamarada de luz cuando el aceite tocó tu piel. Pero las personas son personas y el cambio que nos aguarda es muy grande y asusta.

—Todavía no tenemos que elegir lealtad —dijo Lily—. Solo actuamos porque es lo correcto y lo lícito. Tenemos que salvar vidas.

—Estoy de acuerdo, pero habrá consecuencias. Quizá todavía no te decantes por un bando, pero convertirás en enemigo al responsable de la magia del clima. No todo el mundo va a aceptar eso.

—Por eso precisamente creé el puesto de primera ministra. —Lily apoyó la cabeza en el hombro de Margot—. Tú lidias con el Consejo y yo averiguo qué resultado es el mejor para nosotros y qué pasos hay que dar para llegar allí.

—Ese fue nuestro acuerdo —repuso Margot.

—Pues esta es tu batalla, no la mía —replicó Lily, con buen ánimo—. Y todos sabemos cuánto te gusta una buena batalla.

Margot la abrazó riendo.

—Solía pensar que lo que más deseaba en el mundo era convertirme en la Elegida de Camael, pero ahora... No te envidio, Lily.

—Eres una mujer lista.

Cuando Margot se hubo ido, Lily miró largo tiempo las llamas, esperando contra toda esperanza encontrar respuestas a las preguntas que la asediaban, pero la presencia de la diosa se había retirado.

Tenía que tomar las decisiones que llevaran a Calles y la abadía al destino correcto. Tenía que elegir entre dos hombres, el lobo o el tigre.

La fuerza invasora de Braugne o el reino vecino de Guerlan.

Uno de ellos abriría la puerta a un futuro mejor. El otro lo destruiría.

Por mucho que se esforzaba por ver con claridad, Camael jamás le permitía ver mucho más allá de esa elección fundamental, pero Lily percibía que la elección correcta sería... mejor que buena. En ese camino había prosperidad, e incluso una perspectiva de felicidad.

En cambio, la decisión errónea conduciría a Calles al

peor desastre que habían visto nunca. Si seguían ese camino, muchos no sobrevivirían. Quizá ni siquiera sobreviviera Ys.

Lily era muy nueva en aquel puesto. Todavía no había tenido ocasión de conocer al rey Varian de Guerlan, pero Guerlan siempre había estado en paz con Calles y la abadía, y las cartas que le había enviado Varian estaban bien escritas. La joven no sabía si era amable o si tenía sentido del humor, pero transmitía ser un hombre mesurado, considerado y justo.

Y al Lobo de Braugne sí lo había conocido.

Lo había conocido, le había gustado y la atraía como nunca la había atraído ningún otro hombre. El hombre pícaro que había jugado con ella con sensualidad experimentada era prácticamente irresistible.

Ese mismo hombre era un asesino salvaje que tenía alma de conquistador. Pero no transmitía malas vibraciones. Su sensación no era mala.

Lily había pensado siempre que reconocería al hombre apropiado en cuanto tuviera la ocasión de valorarlo, pero estaba equivocada. Todo lo que había esperado para cuando llegara ese momento, todo lo que había creído comprender, había dado paso al caos.

Si ella fuera Margot, tampoco se envidiaría.

Al fin entró a lavarse en la sala del baño, arrastrando las piernas con agotamiento. Fue una sensación maravillosa sentirse limpia, ponerse su camisón más viejo y más suave y acostarse en su cama.

Se quedó dormida casi en cuanto su cabeza tocó la almohada, y empezó a soñar.

Un hombre se deslizaba en su cama y le daba un beso en el hombro desnudo.

Juraste que esta vez no llegarías tan tarde, se quejaba ella, con un bostezo.

Lo sé. Lo siento. Él la estrechaba en sus brazos. *Mis generales no dejaban de hablar. Déjame compensarte por ello.*

El país estaba en guerra y ella se había convertido en una gitana para seguirlo, pero él se había esforzado porque sus aposentos privados fueran cómodos e invitadores y sus noches fueran cálidas, llenas de paz y pasión.

El cuerpo poderoso de él estaba desnudo, como el de ella, y el contacto de él a lo largo de su espalda resultaba encantadoramente exótico, a la vez que reconfortantemente familiar. El placer desplegaba volutas cálidas, como de humo invisible, en las terminaciones nerviosas de ella.

Ella tuvo que esforzarse por sonar malhumorada cuando contestó: *¡Chist!, estoy dormida.*

¿Seguro?, le susurró él con voz ronca al oído, al tiempo que posaba una mano fuerte en el pecho desnudo de ella. *¿Estás completamente segura?*

Le gustaba tanto que la acariciara, que quería arquearse como un gato bajo los dedos de él. En lugar de eso, se esforzó por resultar cortante. *Sí, estoy completamente segura.*

Los labios de él acariciaron su oreja y los dedos masculinos trazaron círculos en la piel de ella. *Nunca he conocido a nadie que hable de un modo tan inteligible cuando está dormida. Eres una mujer con muchas facetas. Ahora siento curiosidad por saber si también puedes besar dormida.*

Cuando la colocó de espaldas, ella apretó sus labios traidores, que amenazaban con sonreír. *Eres el hombre más testarudo que he conocido. ¿Siempre te sales con la tuya?*

Debo confesar que sí.

Sonaba tan engreído, que ella se echó a reír e intentó ver los rasgos de él, que estaban en la sombra.

Su cuerpo conocía el de él y su corazón se lo había

entregado ya, pero por alguna razón, no sabía qué aspecto tenía, y era de vital importancia que le viera la cara.

Él bajó la cabeza y su aliento olió a menta cuando sus labios cálidos rozaron los de ella. Ella le pasó los dedos por el pelo y él se acomodó mejor encima de ella y profundizó el beso. Deslizó la lengua en la boca de ella.

Lily se despertó con el corazón latiéndole con fuerza y miró con ojos secos los frescos del techo. Siglos atrás los habían pintado de color dorado y de un azul celestial, pero la noche apagaba el brillo de los colores.

Sentía todavía el peso del cuerpo de su amante del sueño encima del suyo y el sabor a menta de su boca en los labios.

Cuando había creado el papel de primera ministra del Consejo, había contado a Margot la mayoría de sus visiones, pero no todas.

En sus visiones anteriores, siempre había dos hombres y ella se enamoraba de uno de ellos.

Había conocido al que estaba empeñado en la conquista. No había conocido al otro.

Sabía por las visiones que uno sería monstruoso, mientras que el otro… Bueno, solo la diosa sabía cómo sería de bueno.

—Por favor, diosa, no permitas que me enamore de un monstruo —susurró al techo.

GORDON ENTRÓ SIN ceremonias en la tienda de Wulf.

—Señor, ella no está.

Por un momento, Wulf estaba seguro de no haber oído bien.

Había estado despierto hasta muy tarde y solo había descansado un rato antes de volver a levantarse. Después de interrogar concienzudamente a Jada, lo había hecho ejecutar, procurando que todo el asunto fuera lo más rápido y eficiente posible. Enjuiciar a alguien y cumplir la sentencia nunca era fácil, y no creía que fuera bueno prolongar más tiempo del necesario la agonía de un preso condenado.

Jada había confesado que tenía otro cómplice, uno de los hombres que trabajaban en la tienda comedor. Ese hombre también había sido detenido, interrogado y ejecutado. El segundo traidor no había dado más nombres, pero el suministro de alimentos era uno de los componentes más críticos de la enorme y compleja operación de un ejército movilizado, así que Wulf no estaba convencido de dejar allí el asunto. Podía haber otros de los que los dos primeros conspiradores no supieran nada.

Ordenó a la bruja que mejor sabía captar la verdad que valorara declaraciones de todos los demás miembros del grupo de cocina, mientras el equipo de Jermaine y los doctores del campamento examinaban los suministros de alimentos. Todo eso se llevó a cabo mientras las demás brujas se esforzaban por disminuir la tormenta letal de la magia del clima hasta un punto en el que al menos fuera posible sobrevivir.

Después Gordon había ordenado su tienda y servido un desayuno caliente para dos. Platos llenos de carne con patatas y tazas de té caliente cubrían la mesa, que volvía a estar armada, esperando a una mujer que no aparecía.

Wulf había dormido una hora como máximo y un dolor de cabeza sordo le palpitaba en la base del cráneo.

Se frotó la parte de atrás del cuello.

—¿Qué has dicho? —preguntó, cortante.

Gordon se acercó a él.

—La sacerdotisa no está en mi tienda. Se ha ido, señor.

Wulf se puso en pie antes de que el otro terminara la primera frase. Se acercó a la tienda de Gordon, levantó la puerta y miró dentro.

Era evidente que no habían dormido en la cama. Había un pequeño hoyo, donde quizá se había acurrucado ella, pero las mantas seguían bien remetidas en los bordes. Los dos braseros se habían apagado tiempo atrás y los bordes de sus recipientes metálicos tenían hielo. Gordon había dejado un montón de leña justo al lado de la puerta, pero parecía que no había sido tocado.

Wulf no tuvo más remedio que darse cuenta de que ella no solo había desaparecido, sino que lo había hecho hacía rato. Dio la vuelta a la tienda, revisando el exterior de las paredes y el suelo. No había puntos de salida visibles ni señales de lucha. Las paredes estaban intactas y no se veían pisadas en la nieve.

Se giró y miró de hito en hito a Gordon, que le pisaba los talones.

—Aquí fuera ha habido cuatro guardias y una bruja toda la noche.

—Sí, señor. —El semblante del sirviente mostraba preocupación.

Algo había conseguido burlar a cuatro guardias y una bruja. O ese algo había sido Lily o había sido lo que se la había llevado.

—Traed a los perros.

—Sí, señor. —Gordon se alejó corriendo.

Wulf paseó mientras esperaba. Cuatro guardias. Cuatro guardias y una bruja.

¿Qué había pasado? ¿Se había asustado? ¿Estaba herida? No había sangre, o al menos, él no la había visto. Podría haber gotas pequeñas que le hubieran pasado desapercibidas, pero no quería volver a entrar en la tienda hasta que lo hubieran hecho los rastreadores y sus perros.

Además, había otros modos de resultar herido. Pensó en la esbelta estructura ósea de ella, en su piel delicada y su evidente carencia de habilidad para luchar, y juró entre dientes.

Jermaine había acertado sobre Jada. Tentado por la promesa de oro, se había convertido en traidor casi dos meses atrás y hacía poco había recibido el mensaje de asesinar a Wulf antes de que llegara a la frontera de Guerlan.

La presencia de Lily había sido pura coincidencia. Cuando Jada se había lanzado sobre ella, solo quería tomar un rehén. Y en el interior de la tienda de Gordon no había señales de lucha.

Wulf no tenía motivos para creer que la hubieran atacado. Tenía más sentido pensar que se había ido sola. Pero no lo sabía de cierto, lo cual le producía rabia y...

Pánico no. Al Lobo de Braugne no le producían pánico los misterios.

Pero estaba irritado. Ah, sí, muy irritado, y también... muy preocupado.

Volvió a su tienda, agarró su espada y su capa y envió a buscar a Jermaine con órdenes de reunir a un equipo. Cuando llegaron los rastreadores, se desplazaron al borde del campamento con los perros para captar el olor de Lily. Gordon todavía no había tirado la capa de esta, y una vez que los perros tuvieron su olor, los rastreadores los dejaron sueltos.

Se lanzaron a la caza con impaciencia y su trayectoria estuvo clara en cuestión de momentos. Mientras Wulf y su equipo los seguían por el camino hasta el muelle, la preocupación del Lobo disminuía, pero su enfado aumentaba.

Los perros se detuvieron en el extremo del muelle y uno de ellos aulló su frustración.

Wulf sabía muy bien lo que sentía el perro. Puso los brazos en jarras y miró la abadía de hito en hito. La cálida luz dorada que brillaba en sus ventanas era como una burla en la mañana fría y gris.

Lily había llegado al muelle tras atravesar dos —no, tres— grupos de centinelas y brujas. No había usado ninguna de las barcazas, que eran demasiado grandes para que las manejara una mujer pequeña.

¿Cómo lo había hecho, pues? ¿Cómo había llegado desde el muelle hasta aquella condenada isla?

Wulf no lo sabía, pero por los dioses que pensaba preguntárselo en cuanto volviera a verla. Porque volvería a verla. Se aseguraría de ello.

Triplicó la presencia militar en el muelle y volvió a su tienda, donde comió su desayuno frío y bebió su té frío.

Se bebió también la taza de té frío de ella mientras su mente incansable ideaba posibles planes de actuación.

La noche anterior se habían dicho cosas el uno al otro. La comunicación más importante había sido no verbal, pero el lenguaje corporal de ella había sido muy claro, y esa conversación no había terminado aún. De hecho, apenas había empezado.

No podía alejarse de él. Ese no era un escenario posible en ninguna realidad hipotética.

Había accedido a ser su intermediaria y no podía retractarse solo porque le apeteciera. Él le diría cuándo había terminado con ella, no al revés.

Posó la vista en el montón ordenado de frascos de caviar y tabletas de chocolate que habían sobrevivido al altercado de la noche anterior, junto con la lata fea y extraña de Chef Boyardee.

—¡Comandante! —Lionel apartó la puerta de la tienda y asomó la cabeza—. Un grupo grande acaba de salir de la abadía. Dos barcazas, señor.

Wulf volvió a tomar su capa y sus armas.

—¿Cuántos?

—Unas treinta personas. La primera ministra está entre ellas. Incluso a esta distancia, su cabello rojo es inconfundible,

Wulf se ató la espada a la cintura.

—¿Habéis visto a mi sacerdotisa?

Se dio cuenta de lo que había dicho después de decirlo y vaciló un momento, pero acabó por decidir que sí, ella era su sacerdotisa y más les valía a todos devolvérsela.

Lionel negó con la cabeza.

—Están demasiado lejos para saberlo.

—Treinta personas —repitió Wulf, sombrío. Eso probablemente incluía varias brujas, y todas estarían más descansadas y tendrían mucho más talento que ninguna de las suyas—. Reunid doscientas tropas y caballería y montad una barricada en el muelle.

—Sí, señor.

Wulf mandó a buscar su caballo y reanudó sus paseos. No estaría de pie en el muelle esperándola como un perrito faldero añorante. El Lobo de Braugne no cedía al pánico ni a la añoranza.

Cuando juzgó que había pasado tiempo suficiente, montó en su caballo semental y fue al trote hasta el muelle. Había calculado bien, pues llegó cuando empezaban a atracar las barcazas.

Margot Givegny lo miraba de hito en hito desde la

primera de ellas.

—No tenéis derecho a impedir que nos movamos libremente en nuestra propia tierra. Apartaos de nuestro camino, comandante.

Wulfgar plantó un puño en su muslo para impedir que el impaciente caballo se lanzara adelante y atrás.

—Si tuviera una intermediaria que me explicara vuestras intenciones, quizá podríais persuadirme de que me apartara y os dejara ocuparos de vuestros asuntos, pero ya no la tengo. Se fugó de mi campamento durante la noche, como una ladrona.

—Ella no es vuestra sirvienta —replicó Margot—. Tiene derecho a ir y venir como le parezca oportuno. Ninguna de nosotras estamos sujetas a vos.

—En ese caso —musitó él con voz sedosa y una sonrisa oscura—, no veo cómo voy a poder dejar pasar a vuestra gente. Después de todo, sin una representación apropiada, ¿cómo puedo estar seguro de que no queréis atacarnos?

Margot lo miró sorprendida.

—¡Por el amor de los dioses!, vos tenéis un ejército de ocho mil personas. ¿Qué daño creéis que podríamos esperar infligiros?

Wulf dejó de sonreír. Bajó del caballo, arrojó las riendas a Lionel y se acercó al borde del muelle.

—Un hombre solo intentó envenenarnos anoche a Lily y a mí. Dos hombres trabajando juntos han provocado enfermedades a cientos de mis hombres. Cuento siete mujeres en vuestro grupo que no llevan uniformes de Defensores. Eso significa siete sacerdotisas, que, asumo, son también brujas poderosas. —Lanzó una mirada fría y dura a Margot—. Decidme vos cuánto daño podéis hacer.

Las pecas que cubrían la nariz y las mejillas de Margot

destacaban más que antes. Al oírlo, había palidecido visiblemente.

Tragó saliva con fuerza.

—¿Intentaron envenenaros a los dos? —preguntó.

Su agitación era demasiado evidente para ser fingida. Wulfgar entrecerró los ojos. Al parecer, Lily tenía mucho que explicar y no solo a él.

Señaló ambas barcazas.

—Lily dijo que nadie querría abandonar la isla mientras estuviéramos aquí. ¿Por qué habéis venido? ¿Qué es lo que ha cambiado y por qué debería permitiros desembarcar?

La primera ministra volvía a ser ella misma. Lo miró de hito en hito y cambió a la telepatía.

Comandante, no olvidéis que no os debo una explicación por nada y que no tenéis derecho a impedirnos que nos movamos por nuestra tierra, así que tened cuidado y no me presionéis demasiado.

Aunque lo reñía, él sabía que había cambiado a la telepatía por algún motivo. Separó los pies y se cruzó de brazos. *¿Y?*, preguntó.

Nuestra Elegida me ha ordenado enviar seis equipos a cazar a los magos del clima y detenerlos por cualquier medio. En su mirada brilló un amago de satisfacción vengativa. *Y si nos impedís cumplir nuestras órdenes, os perjudicáis a vos más que a nadie.*

Él descruzó los brazos. *Ella ha accedido a ayudarnos.*

No, comandante. Margot negó con la cabeza. *No os ofrecemos ayuda a vos ni nos aliamos con nadie. Solo estamos comprometidas a hacer cumplir la ley y ayudar a las granjas que puedan estar en peligro. Nuestra Elegida no quiere que mueran personas inocentes.*

Wulf se inclinó y le ofreció la mano. Margot dudó un momento antes de aceptarla y él la alzó sin ceremonia hasta el muelle.

—Dejadme ayudaros. Puedo daros refuerzos para todos los equipos.

—No, comandante. —Margot se volvió, hizo un gesto y los demás desembarcaron—. Nos ocuparemos de esto solos.

Wulf observó con el ceño fruncido cómo se colocaban en fila los equipos. Había una sacerdotisa, o bruja, y tres Defensores en cada uno de ellos.

—Los magos del clima utilizan magia muy poderosa. Ir tras ellos será una tarea peligrosa.

—Somos muy conscientes —musitó Margot, con un tono de voz que denotaba exasperación.

Wulf la observó ir de un equipo a otro y detenerse a mirar a cada bruja a los ojos. Le habría gustado mucho oír las órdenes que les daba, pero el intercambio se hizo en silencio.

—Al menos dejadnos que os demos caballos —dijo cuando ella terminó.

—No, comandante —repuso Margot—. Calles no aceptará ayuda de Braugne en este asunto, ni tampoco pediremos ayuda a ningún otro principado. La abadía tiene caballos en las posadas de la ciudad. Esto es todo por el momento.

Wulf no pudo por menos de admirarla a su pesar. Ella solo llevaría consigo cinco Defensores y él tenía una fuerza de doscientos a sus espaldas, y, sin embargo, lo despedía como si fuera un mendigo o un sirviente. Había una especie de arrogancia espléndida y suicida en eso.

Podría hacerla prisionera. Ella quizá consiguiera herir o matar a muchos de ellos en el proceso, pero acabaría por subyugarla.

No lo hizo. Volvió con Lionel y su montura y los seis equipos de la abadía cruzaron entre sus tropas y avanzaron hacia la ciudad. Margot y sus Defensores subieron de nuevo a las barcazas y partieron para la isla.

Después de observar unos minutos su marcha a través del estrecho, Lionel se frotó la comisura de los labios.

—Podríamos haber parado eso.

—Demasiado costoso para no obtener una ganancia razonable. Además, tengo otra idea sobre cómo lidiar con la abadía. —Wulf subió al caballo y miró a Lionel desde arriba—. Enviad a seis grupos de nuestros mejores luchadores de camuflaje detrás de los equipos. Quiero saber si tienen éxito en su misión, aunque rechacen nuestra ayuda.

Lionel sonrió.

—Sí, señor.

✧   ✧   ✧

DESPUÉS DE SU sueño, Lily no pudo dormir más.

Lo necesitaba. Llevaba meses necesitando dormir, pero las visiones y los sueños no la dejaban en paz y nunca conseguía descansar lo suficiente.

Al fin, aunque seguía muy cansada, saltó de la cama, se vistió e intentó abordar algunas de las tareas interminables que se amontonaban en su escritorio.

Había peticiones para plegarias personales de la Elegida, acompañadas por largas sumas de donativos, solicitudes de sacerdotisas por parte de otros reinos y principados y cartas de heredades de las Razas Ancianas de la Tierra y de los Otros Lugares.

Había también más de una docena de solicitudes personales y quejas de habitantes de la abadía, y tenía que evaluar las finanzas de la abadía y aprobar o enmendar el presupuesto para el trimestre siguiente.

Incluso con la ayuda de una secretaria, tenía la sensación

de estarse ahogando en papeles.

¿Cómo iba a aprobar ese presupuesto? En aquel momento, la abadía no podía permitirse gastar dinero en nada que no fueran las necesidades de supervivencia más básicas. Tenían que conservar su oro porque quizá necesitaran importar más alimentos de la Tierra antes de que les llegara el alivio de la siguiente cosecha.

Cuando Margot le llevó un documento con los equipos que había formado, Lily estudió la lista con atención y la aprobó. Margot partió inmediatamente. Una ola de emoción oscura se posó sobre su cabeza.

Moriría gente. Tal vez serían los magos del clima o quizá las personas de esa lista. Conocía a esas personas, había comido con ellas, se había reído de sus bromas, las había compadecido cuando tenían problemas y había aplaudido sus victorias personales.

En la fría luz de la mañana, no servía de nada que se dijera que ya había vidas inocentes en peligro. Era verdad. Las había y lo que ocurría estaba mal, y lo que ella acababa de hacer estaba bien, pero nada de eso ayudaba.

Por primera vez desde que se convirtiera en la Elegida, había ejercitado el poder de su puesto de tal modo, que moriría gente por lo que ella había ordenado que hicieran.

—Diosa, por favor, acompáñalos —susurró a Camael.

A veces, la presencia de la diosa era atrevida, amplia y milagrosa. Otras veces, Lily solo oía silencio. En esa ocasión oyó silencio, pero al menos la oscuridad de su corazón se amortiguó lo bastante para que volviera su atención a otras cosas.

Sentada en su silla, abrió el cajón donde guardaba el paquete de cartas que había recibido del rey de Guerlan. Las sacó y volvió a leerlas.

"… Aunque nos gustaría mucho, lamentamos no poder asistir a vuestra ceremonia de ascensión, pues hay asuntos en nuestro reino que exigen nuestra atención. Pero os ofrecemos nuestras felicitaciones y, en nuestra ausencia, por favor aceptad un regalo de juguetes para los expósitos de la abadía, hecho en vuestro honor, pues vos sois el mejor ejemplo de todo Ys de cómo, partiendo de comienzos bajos, se pueden alcanzar grandes alturas…"

La carta siguiente decía: "… Confío en que esta misiva os encuentre bien y empecéis a hallar vuestro equilibrio… Conozco muy bien las dificultades que entraña asumir de repente un puesto elevado, y más en mitad de un duelo, pues esto fue lo que me sucedió a mí cuando murió mi padre…"

Y otra decía: "… El verano ha pasado volando una vez más y os damos las gracias por los regalos anuales de la abadía. Apreciamos especialmente el vino. He oído que os gustan mucho las historias y espero que disfrutéis de los libros que os he enviado. También quiero extenderos una invitación personal para que asistáis a la Mascarada de Guerlan en el solsticio de invierno. Solo hay una semana de viaje desde Calles hasta la capital y la ciudad está hermosa durante la Mascarada. Guirnaldas de decoraciones adornan las calles y tiendas, y yo siempre organizo la fiesta más fastuosa de los seis reinos…"

En conjunto, tenía media docena de misivas, todas ellas una mezcla pulida de tema oficial y personal. Era casi seguro que el rey no había escrito ninguna. Lily siempre había creído que él seguramente habría dictado los retazos de comentarios personales, pero la realidad era que esos, igual que los amables regalos, muy bien podían haber partido de su secretario.

Se frotó la cara. Consciente del invierno duro que iban a

afrontar, había declinado con gran pesar la invitación a la Mascarada.

Sin embargo, empezaba a lamentar esa decisión. Si partía de inmediato, todavía podría llegar a tiempo.

Si podía estar en presencia de Varian y ver por sí misma las visiones que hubiera que ver, quizá encontrara al monstruo que no había conseguido descubrir en Wulf.

O quizá la psique de Varian fuera como sus cartas, cálida y considerada, mesurada y justa.

Lily estaba agitada. Necesitaba dormir.

¿Qué pensaría Wulf de ella? Estaría furioso por haberlo abandonado sin decir palabra.

Pero enfadado o no, él no tenía ninguna relevancia en su vida. No le debía ninguna explicación. Cuando guardó las cartas en el cajón y se enderezó, Gennita entró como una tromba en su despacho.

—Excelencia, tengo que robaros unos momentos de vuestro tiempo.

A la sacerdotisa mayor le temblaba la barbilla. Lily hundió los hombros. Aunque había intentado conseguir bondad y respeto para el nombramiento de Margot como primera ministra del Consejo, había ofendido profundamente a Gennita al no ofrecerle el puesto a ella. La mujer había sido consejera de Raella durante décadas y era la sacerdotisa más anciana del Consejo.

Le había pedido muchas veces que siguiera llamándola Lily, pero Gennita insistía en dirigirse a ella de un modo protocolario y Lily comenzaba a dudar de que pudieran arreglar alguna vez la grieta que se había abierto entre ellas.

—Este no es un buen momento —contestó.

—¡Esto no puede esperar! —Gennita avanzó más hacia la mesa—. Excelencia, tenéis que rescindir la orden de enviar a sacerdotisas y Defensores de la abadía a entrometerse en asuntos que no nos conciernen.

La oscuridad, como la pena, amenazaban con cubrirla de nuevo, y la tensión atenazaba a Lily con tal fuerza, que tuvo que esforzarse por inhalar profundamente.

—Este asunto nos concierne. Concierne a todo el…

—Calles es demasiado pequeño para soportar un enfrentamiento directo y prolongado con otro reino. Ya tenemos al Lobo de Braugne en nuestra puerta. ¿Qué creéis que opinará de eso Guerlan, nuestro vecino más próximo, más grande y más poderoso? ¡Podríais poner en peligro generaciones de coexistencia pacífica!

Por un momento, Lily se sintió como en los días posteriores a su nombramiento, cercada por visiones, zarandeada por la oposición de las sacerdotisas más establecidas de la abadía y bombardeada por el enorme volumen de las tareas que al parecer tenía que acometer personalmente a pesar de sus esfuerzos por delegar cuanto pudiera.

Recordaba muy bien aquellos días, la combinación de fuerzas contradictorias que competían por su atención y amenazaban con destrozarla.

Enterró aquellos recuerdos en el pasado, donde debían estar, apretó los dientes y se esforzó por ser paciente.

—Esto no ayuda nada, Gennita. Se supone que tienes que contar tus objeciones a la primera ministra.

—¡No quiere escucharme!

A Lily se le acabó la paciencia.

—¡Margot hace su trabajo! Tienes que escucharla y hacer lo que te diga.

—No puedo creer que la abadía haya llegado a esto. —Gennita la miró con expresión de sentirse traicionada—. ¡Al principio parecíais tener tanto que ofrecer, y yo tenía tantas esperanzas para vos! Ahora no solo amenazáis con destruir nuestras salvaguardias y tradiciones, sino que también podemos perder a nuestros aliados. Y construís muros a vuestro alrededor para que nadie pueda pediros que consideréis un camino diferente. Excelencia, si no cambiáis vuestros métodos, seréis la muerte de Calles.

Sus palabras golpearon a Lily en el pecho con la fuerza de un impacto físico. La joven se llevó una mano al estómago y luchó por recuperar la compostura.

Cuando pudo hablar, dijo:

—¡Márchate!

Gennita vaciló. La miraba como si esperara que cambiara de idea. Cuando vio que Lily no decía nada más, se volvió y salió.

Para ser una conversación breve, esa había sido especialmente desagradable. Lily cerró la puerta de su despacho y corrió a la escalera de caracol que llevaba a los aposentos de la Elegida en la parte superior de la torre que daba al mar. Por suerte, no se encontró con nadie.

Una vez dentro, cerró la puerta con cerrojo y se secó las lágrimas que insistían en rodar por sus mejillas, cubriéndose todavía el estómago con una mano plana, como para protegerse así del golpe emocional que le habían propinado.

Toda su vida había hecho lo posible por determinar qué era lo mejor para Calles. Sencillamente, no podía esforzarse más. Y que una persona como Gennita, alguien que la había reconfortado cuando era pequeña y la había alentado durante el colegio, dijera que ella podía ser la muerte de Calles, resultaba increíblemente doloroso.

Una ráfaga de aire frío tocó su piel caliente y detrás de ella sonaron pasos.

—¡Qué lástima! —dijo Wulf—. He venido hasta aquí para pelear contigo, pero no parece que estés a la altura.

Lily tuvo la sensación de que el suelo se hundía bajo sus pies. Se tambaleó, pero consiguió recuperarse y se volvió a mirarlo de hito en hito.

—¿Lo estás, Lily? —Él avanzó hacia ella—. ¿O debo llamarte Excelencia?

Estaba atractivo de un modo rudo, con una sencilla camisa blanca, pantalones de cuero y botas. También parecía más duro, mezquino y peligroso que nunca, y el apartamento, minuciosamente amueblado y normalmente amplio, parecía mucho más pequeño de lo normal.

El hecho de que él estuviera allí, en medio de su torre, era más que raro. Era imposible.

—¿Qué haces aquí? —Ella miró a su alrededor—. ¡En nombre de la diosa!, ¿Cómo has podido entrar?

Cerca de una ventana alta, vio un montón de objetos extraños y se acercó a inspeccionarlos.

—He escalado y roto una ventana —contestó Wulf—. Sabía que era solo cuestión de tiempo que la Elegida volviera a su torre.

En el montón había una capa, además de otras envolturas de lana, y cuerda, herramientas metálicas y un par de estructuras de hierro del tamaño de un pie con pinchos en los dedos, que daba la impresión de que podían atarse encima de bota. Era equipo de escalada.

Y estaba también su espada, envainada en lo que parecía un arnés del hombro, apoyado contra la pared. Tan seguro de sí mismo estaba, que ni siquiera iba armado, y, de algún modo, aquello resultaba terrorífico.

O quizá más bien humillante. Lily no sabía cuál de las dos cosas.

Se giró hacia él, que la había seguido por la estancia y estaba con los brazos en jarras.

—¿Estás loco?

Wulf la miró con sorna, apretando los labios.

—Eso lo dice una mujer que decidió que era buena idea cruzar sola un estrecho helado y peligroso en plena noche y durante una tormenta de nieve.

—Yo sabía lo que hacía y no me pasó nada. —Volvía a sentirse agitada y señaló la ventana rota—. Pero tú… Esto es una locura. Podrías haberte matado. ¿Y si te hubieran visto los Defensores de los muros? Podrían haberte matado con un par de flechas bien dirigidas y tu cuerpo estaría todavía colgado ahí fuera hasta que alguien lo retirara.

—Tú no eres la única que tiene la capacidad de camuflar su presencia. —Él sonrió—. Una de mis brujas me lanzó un conjuro de camuflaje y me consiguió un pequeño bote de pesca.

Lily contuvo el aliento.

—Dijiste que tus brujas no están tan entrenadas como nosotras. ¿Has confiado tu vida a ese conjuro?

—Su conjuro, a diferencia del tuyo, no habría sido tan fuerte como para permitirme atravesar un campamento militar y tres grupos de centinelas, pero ha sido lo bastante bueno para llevarme al lado de la isla que da al mar. He atracado el bote en el muelle privado y escalado una parte de tu torre que no puede ver ninguno de los guardias de tus muros.

Lily estaba boquiabierta. Él había corrido riesgos increíbles. Si lo hubieran oído los guardias que acababan de colocar al pie de las escaleras, ya estarían muertos.

Estarían muertos los guardias, no él. De eso no le cabía ninguna duda. Su mente intentó abarcar las consecuencias catastróficas de eso, y tuvo que esforzarse por concentrarse en lo importante.

Se permitió un momento para agradecer el grosor de la puerta y el ruido atronador del mar y preguntó:

—¿Cómo sabías que existía ese punto ciego?

—Hice que un explorador reconociera la isla hace semanas —contestó él. Se acercó más, con movimientos lentos, depredadores—. Antes de que empezara a nevar. Alquiló un yate de placer y navegó alrededor de la isla, y después vino a la abadía junto con un grupo de peticionarios. La visita a la abadía le resultó una experiencia agradable. Las sacerdotisas con las que habló eran amables y los niños jugaban en los patios. Dibujó un mapa con los puntos más débiles de vuestra vigilancia y vuestras defensas. En este lado de la isla, confiáis demasiado en la protección de los elementos.

Lily había sostenido casi lo mismo la noche anterior, pero resultaba devastador oírselo decir a Wulf con tanta frialdad.

—Nos observaste hace semanas.

—He explorado la sede de todos los principados. Como tú dijiste, Excelencia, siempre voy cuatro pasos por delante.

Lily había acertado. Él seguía muy enfadado.

—¿Cuándo descubriste quién era yo? —preguntó, retrocediendo un poco—. ¿Te lo dijo ese hombre cuando lo interrogaste?

—Lo supe casi al instante.

Lily volvió a tener la sensación de que le fallaba el suelo bajo los pies.

—¿Lo supiste?

—Lo adiviné la primera vez que nos vimos en el muelle. Todos lo demás de tu grupo cumplían con su papel. Se concentraban en tu ministra y en mí, pero tú no. Tú no nos prestabas atención, te concentrabas en otras cosas y no mantenías la formación, sino que maniobrabas un poco a medida que nos valorabas. Y los Defensores más fuertes del muelle estaban estacionados detrás de ti, no de tu ministra. Y cuando dijiste que vendrías conmigo, todos reaccionaron.

Lily cerró los ojos, fuertemente molesta. En el momento que él describía, ella ya no tenía dudas de que se fijaba en todo. Al parecer, estaba destinada a hacer observaciones bastante certeras, pero a fracasar espectacularmente a la hora de sacar algo útil de ellas.

—No sabía que Margot había colocado así a los Defensores —susurró—. O sea que cuando me elegiste entre la multitud, ya lo sabías.

—Lo sospechaba, pero no estuve seguro hasta que me hablaste de las bicicletas. —Él movió la cabeza—. Nadie habla de sus proyectos favoritos mejor que uno mismo, y a ti te encantaba darle esa oportunidad a la ciudad. Tu rostro se iluminaba cuando me lo contabas. Después de eso, hubo un par de veces en las que pensé que ibas a confesar. ¿Recuerdas cuando dije que tu ministra no tenía nada que objetar a darme una sacerdotisa, pero no quería que fueras tú? Entonces creí que me lo ibas a decir, pero no lo hiciste. Te las arreglaste para escabullirte.

Él lo había sabido todo ese tiempo y, en lugar de decirlo, la había observado y esperado, conversado y valorado. Y ella no lo había sospechado en ningún momento.

Con las palabras de Gennita clavadas todavía como un cuchillo en su vientre, la confesión de él no podría haber llegado en peor momento.

¿Qué más había pasado por alto? ¿Qué más, qué más?

Las visiones eran siempre más fuertes cuando se sentía más frágil y vulnerable, como si la divinidad solo pudiera iluminar de verdad su mente en esos momentos. En ese momento la embargaron de nuevo, cegándola al mundo físico que la rodeaba.

Un invierno duro, una cosecha magra, los reinos agitados, una oscuridad sobre la tierra, entrechocar de espadas y dos hombres en combate mortal. Uno de ellos reduciría Ys a polvo.

Y siempre la caída de Calles.

"Si no cambiáis vuestros métodos, seréis la muerte de Calles".

Aunque observaba muchas cosas, fracasaba a la hora de ver, y moriría gente por su palabra y por sus actos.

¿Sería responsable de la caída de Calles? De nuevo una sensación de desgarro, como si tiraran de ella fuerzas contradictorias. Aunque intentó reprimirlo, se le escapó un gemido y se dobló por la cintura.

Diosa, no puedo hacer esto.

—Lily —dijo Wulf—. ¿Qué te pasa?

La joven fue vagamente consciente de que el tono sardónico había desaparecido, pero, aun así, la presencia de él era casi insoportable. Se sentía demasiado lastimada, demasiado herida.

—No me mires —dijo entre dientes, con sus lágrimas cayendo sobre el suelo de mármol—. Has invadido mi espacio privado solo porque estabas furioso. Tú no puedes ver esto. Esto es mío, ¿me oyes? Es mío para lidiar con ello, no tuyo.

El silencio subsiguiente palpitaba al ritmo de la sangre que resonaba en su rostro. Todavía inclinada, se concentró en mirar el suelo debajo de sus pies, en inhalar su próximo aliento.

Fue terriblemente consciente del momento en el que él se movió. Por el rabillo del ojo, vio su figura acuclillarse al lado. Había apartado el rostro.

—No te miro —dijo con voz queda y uniforme. Una voz no agresiva—. Las mujeres de la abadía defendéis vuestros límites con fiereza, ¿no es así?

Lily tosió. No llegó a ser risa.

—En eso tienes muchísima razón. Defender límites es un dogma de fe tan grande como cuidar de los que habitan nuestra casa y practicar las artes sanadoras.

Todavía sin mirarla, Wulf extendió el brazo. Subió los dedos despacio por el muslo de ella hasta su cintura, registrando su cuerpo, hasta que encontró el brazo y cerró los dedos en torno a él. Lo apretó despacio, aplicando presión hasta que el punto focal de ella pasó a ser ese y no el choque tumultuoso de pensamientos, emociones e imágenes que enturbiaban su mente.

Igual que la marera cuando mengua, las visiones se retiraron. Lily, que ya no se sentía tan aplastada, respiró hondo una vez y después otra, y cesaron las lágrimas. Se secó la humedad de la cara y se enderezó.

Wulf se levantó con ella. En vez de soltarla, bajó la mano por su brazo para apretarle levemente los dedos.

—Creo que esta ha sido la pelea menos satisfactoria que he tenido en mi vida.

Ella casi rio de nuevo, pero se contuvo.

—Por lo que pueda servir, creo que no te das cuenta de la locura tan grande que es haber escalado mi torre.

—Pues, por lo que pueda servir, los puntos ciegos que marcó mi explorador son inservibles excepto para una fuerza de ataque pequeña y con un objetivo claro. Podría llegar un asesino aquí arriba, pero no una invasión a gran escala.

—Un peligro que ninguna Elegida ha tenido que afrontar en varios cientos de años —repuso ella con sequedad.

Wulf se encogió de hombros.

—Pon barrotes de metal en las ventanas y estarás bastante segura. —Se agachó a recoger una bolsa de cuero y guio a Lily hasta los cojines colocados en el suelo delante de la chimenea—. Y tú no eres la más apropiada para llamarme loco a mí.

Cuando llegaron a los cojines, tiró de ella hacia abajo.

Lily pensó que no tendría que sentarse con él. Debería hacer otra cosa, como aprovechar el comportamiento relajado de él para soltarse, correr a la puerta, abrir el cerrojo y gritar pidiendo ayuda. Había visto ya lo rápido que era él, pero estaba medio sentado y tal vez ella lograra llegar hasta la puerta.

Pero estaba cansada y todo aquello, la consternación, la alarma, la violencia indudable, resultaría mucho más engorroso de lo que quería afrontar en ese momento.

Wulf no podría escapar de la torre sin que lo mataran, por lo que se vería obligado a tomarla como rehén. Habría un gran tumulto en la abadía y Wulf y ella tendrían que salir de nuevo al frío, cuando acababan de volver de él.

¿Estaba mal por su parte querer sentarse? No se lo parecía. Miró la psique de él, la sombra de un lobo que yacía sobre sus patas con la atención fija en ella. El lobo era hermoso. Era una criatura peligrosa y natural. Ella seguía buscando al monstruo en él, pero el monstruo no estaba allí.

Se sentó a su lado con un suspiro y enroscó las piernas debajo de su cuerpo.

—¿Qué haces?

—Te he traído regalos. —Él abrió la bolsa y sacó las tabletas de chocolate, la lata de Chef Boyardee, los frascos de caviar y pan salado—. También he traído suministros para mí. Escalar con frío da hambre.

Había llevado regalos a una pelea. ¡Oh, diosa! ¿Qué sentía ella? ¿Exasperación? ¿Alegría? ¿Qué? Abrió mucho los brazos y se dejó caer sobre los cojines.

—Pronto oscurecerá. Tienes que irte, Wulf.

Él enarcó una ceja.

—¡Oh!, no puedo salir ahora. Si intento bajar en la oscuridad, me mataré. Tendré que quedarme aquí hasta mañana.

Mentía desvergonzadamente. Y tenía que saber que ella podía captarlo.

Miró el rostro de él, del que solo veía el perfil. Todavía no la había mirado. Qué raro que respetara un límite tan efímero cuando había pisoteado casi todo lo demás. Detrás de eso había un razonamiento sofisticado que ella no conseguía entender del todo.

—Sabes que sé que mientes, ¿verdad? —preguntó.

Wulf sonrió.

—Ya has demostrado que no quieres hacerme daño, así que tendremos que encontrar un modo de coexistir unas horas.

Lily lo miró fijamente.

—¿Has planeado cómo te va a camuflar tu bruja cuando te vayas?

Wulf se encogió de hombros.

—Pensé que quizá habrá alguien que quisiera ayudarme a salir.

Aquel hombre era imposible. No podía tirarlo por la

ventana. No pediría ayuda. Si intentaba irse durante el día, casi con seguridad lo verían, a menos que ella lo camuflara. Y si no accedía a ayudarlo, quedaría atrapado en su torre hasta la noche siguiente.

Por supuesto, lo ayudaría, No podía verlo morir sin hacer nada y él lo sabía. Además, quizá fuera el único modo de librarse de él.

—Olvida eso por el momento —dijo Wulf con gentileza, cuando ella seguía aún pensando en ello—. Tómate un respiro de cualesquiera que sean los demonios que te están aplastando. ¿Cuál fue tu veredicto final sobre el caviar? ¿Sí o no?

Lily se pellizcó el puente de la nariz.

—No.

—Estupendo. Así hay más para mí. —Él dejó el caviar a un lado—. En cuanto a este Chef Boyardee, tienes una deuda conmigo por esto.

—¿Qué quieres decir? —resopló ella—. Yo no te debo nada.

La sonrisa de él se hizo más amplia. Tomó la lata y se la ofreció.

—¿Cuál es el veredicto? ¿Quieres esto, sí o no?

Lily lo quería. No había comido nada desde la cena que le había llevado Gordon a la tienda y tenía hambre.

—Sí.

—Pues me debes la historia de cómo llegó a gustarte esta comida de la Tierra y por qué. —Él hizo una pausa—. Y también me debes dejarme probarlo para que vea por qué te gusta tanto.

Muy bien. Por fin lo había conseguido. Lily se recostó de lado y se echó a reír.

—Lo vas a odiar. Todos lo odian. Es horrible.

Objetivamente, hasta yo lo sé. Ni siquiera debería llamarse comida.

—Ahora siento todavía más curiosidad por oír tu historia. —Wulf abrió la lata con una navaja, por el sistema de puntuar repetidamente los bordes de la tapa hasta que pudo doblar el metal hacia atrás. Inspeccionó con cautela el contenido naranja y lo olfateó.

Lily se incorporó sentada, riendo más todavía, y tendió la mano.

—Trae, dámela. Y deja de esforzarte tanto por no mirarme. Ya puedes hacerlo. Pero sigue sin estar bien que estés aquí —añadió con rapidez.

—Eso ya lo sé. —Wulf volvió la cabeza y la miró a los ojos, sonriente—. Sin embargo, estamos aquí sentados y propongo que saquemos el mayor provecho de ello.

Él tenía que ser brutal y dominante, no encantador y despreocupado. No estaba a la altura de su reputación.

La intensidad de su mirada era demasiado. Lily tendió la mano hacia la navaja y él se la pasó.

—Se supone que esto se toma caliente —dijo ella—, pero también me gusta frío.

Pescó un ravioli con la punta de la navaja y se lo comió con placer, mientras él la observaba sonriente.

Cuando tragó, él le frotó gentilmente la comisura de los labios con el pulgar y se lo lamió.

¡Diosa querida! La piel de ella se llenó de calor.

Wulf sonrió.

—Cuéntame esa historia.

La joven observó el contenido de la lata.

—Yo no soy de Ys. Antes vivía en un lugar llamado el Sur de Indiana.

Wulf la miró confuso.

—El idioma de la lata es inglés —dijo.

—Sí. Indiana está en los Estados Unidos, en América del Norte.

Él abrió una lata de caviar y un paquete de pan salado, mojó una esquina en el frasco y se lo metió en la boca.

—Tuviste que hacer un largo viaje. Ys no tiene pasajes de cruce con América.

—No, todos nuestros pasajes están conectados con Europa.

Lily miró las alegres llamas que brincaban en la chimenea. ¿Cómo podía contar su historia rápidamente?

—Mi primera infancia fue… complicada. Cuando era pequeña, éramos pobres y vivíamos en un pueblo. Mi madre bebía y tuvo varios hombres que iban y venían, hasta que uno se quedó. Él cocía metanfetamina, que es una droga ilegal muy adictiva.

Mientras ella hablaba, la actitud juguetona de él había desaparecido. La observaba con atención.

—Eso no parece un buen hogar para una niña.

—No. Eso sí, yo era demasiado pequeña para entender lo que ocurría. Cuando me acogieron en la abadía, las sacerdotisas adivinaron de dónde era y lo que me había ocurrido. Estoy segura de que respiré productos químicos que no tendría que haber respirado y que dejaban que me las apañara como pudiera, pero yo no lo entendía, ¿de acuerdo? Recuerdo que una de mis comidas favoritas era Chef Boyardee y para postre, un paquete de M&M's, que es un tipo de caramelo de chocolate. De vez en cuando me gusta todavía comerlos.

Wulf le colocó un mechón de pelo detrás de la oreja.

—¿Cómo llegaste aquí desde allí?

Lily respiró hondo.

—Camael me guio aquí. Yo era una niña rara y… Digamos que veía cosas que no estaban presentes físicamente. Todavía me ocurre.

Wulf frunció el ceño.

—¿Tu madre no te hizo la prueba de la magia?

—Creo que mi madre no era tan práctica —repuso Lily con sequedad—. En cualquier caso, una noche entró una mujer resplandeciente en mi dormitorio, me besó en la frente y me dijo: "Ven conmigo, amorcito". Era muy hermosa y yo estaba muy contenta y le pregunté si iba a ser mi nueva mamá, y me dijo: "En cierto modo, sí. Pero tienes que ser valiente como un león y hacer lo que te diga". Y yo lo hice. Tomé mi almohada y mi conejito de peluche y salí de la casa.

—¿Cuántos años tenías? —Él le quitó la lata, sacó un ravioli y se lo comió.

Lily rio al ver la cara que puso.

—Tres años —contestó—. Una vez fuera, la mujer brillante desapareció, pero yo oía su voz y sentía cuando me daba un codazo. Nuestra casa estaba en el borde del pueblo y ella me guio al bosque. Pasamos las ruinas de un edificio y seguimos un arroyo. Y mientras caminaba, todo cambió a mi alrededor. De pronto era de día y estaba en un campo y no había arroyo ni ruinas. Había caminado por un pasaje de cruce.

En ese punto de la historia, la mirada de él no se apartaba del rostro de ella.

—¿Estabas asustada?

Lily se encogió de hombros.

—Un par de veces sí. Pero al principio estaba demasiado contenta por ir a mi casa nueva y con mi mamá nueva. Luego me aburrí y después supongo que me acostumbré. Cuando me encontraron, parece ser que llevaba más de un mes errando por el campo.

—Esta historia es terrible. ¿Tenías tres años? —Wulf movió la cabeza—. Es un milagro que sobrevivieras. ¿Qué comías?

Lily le quitó la lata.

—Comía hongos y las bayas que la diosa me decía que comiera y bebía en los arroyos cuando me decía que bebiera. Tenía mi conejito y mi almohada y dormía en el bosque.

Wulf respiró con fuerza.

—Nadie puede sobrevivir un mes con hongos y bayas, y menos una niña pequeña que está creciendo.

Lily se echó a reír.

—Lo sé. Me dijeron que estaba muy bien teniendo en cuenta todo lo que había pasado. Mis dientes estaban perfectos y yo estaba sana, en forma y muy, muy sucia.

—En Ys.

—Sí, en Ys. —Ella limpió los laterales de la lata con la navaja y lamió le salsa de la hoja—. Puesto que descubrir un nuevo pasaje de cruce es algo muy importante, Raella envió sacerdotisas para que lo verificaran todo. Entrevistaron a todo el pueblo y registraron 15 kilómetros en cada dirección. —Hizo una pausa—. Encontraron el arroyo y las ruinas, que descubrieron que habían sido un juzgado en otro tiempo, pero ningún pasaje de cruce. La casa donde vivía yo había ardido hasta los cimientos una madrugada. El fuego había matado a mi madre y a su novio mientras dormían, pero nunca descubrieron el cuerpo de una niña. Eso es todo lo que sé. La abadía me acogió y he estado aquí desde entonces.

Dejó a un lado la lata vacía y evitó mirarlo. Aunque la consternación y asombro que veía a veces en las caras de la gente eran muy comprensibles, también la hacían sentirse sola y aislada. No quería ver eso en la expresión de él.

Unos dedos largos y finos la tomaron por la barbilla y la obligaron a mirarlo. Lily lo hizo de mal humor. Muy bien. De todos modos, lo que él pensara de ella carecía de importancia.

Lo que vio en la mirada de él apagó su mal humor. Sus ojos brillaban con… ¿Admiración? ¿Respeto?

—Me siento muy honrado de conocer a esa niña tan valiente.

Era una estupidez que dijera eso. Y ella no tenía por qué sentirse conmovida ni reconfortada.

—Esa niña desapareció hace veinticuatro años.

—Por supuesto que no. Vive todavía dentro de ti y tú tienes su magia y su valor. —Él le acarició la mejilla—. Mi explorador me contó que, cuando estaba aquí, oyó hablar a la gente de la nueva Elegida. Decían que era amable y considerada y una verdadera visionaria en todos los sentidos de la palabra. Tu gente te ama.

A pesar de las duras palabras que le había dicho Gennita, Lily sabía que aquello era cierto. Su gente la amaba. Las personas a las que había enviado a luchar y morir la amaban. El rostro de Wulf desapareció en una niebla.

—No vuelvas a dejar entrar a esos demonios, Lily.

La joven tuvo que apretar los labios con fuerza para poder susurrar:

—Hoy he enviado a gente a luchar. He enviado a amigos a luchar y algunos no volverán.

Un largo silencio siguió a sus palabras.

—¿Esta era tu primera vez?

Lily asintió y se secó las lágrimas que le caían de nuevo.

—Como ya he dicho, soy yo la que tiene que lidiar con

esto. Pero hoy ha sido un día duro.

Wulf le puso una mano en la nuca y le besó la frente. Sus labios eran cálidos y firmes.

—Por si te lo has preguntado, no, no se vuelve más fácil con el tiempo. Tienes que encontrar modos de lidiar con ello.

—Lo sé. Y tengo que encontrar modos de manejar mejor la oposición y el conflicto. Antes he tenido un desacuerdo con una de las ancianas del Consejo. Creo que nuestra relación nunca volverá a ser la misma.

—No vas a permitir que yo arregle todos tus problemas, ¿verdad? —murmuró él, como si hablara para sí.

Lily lo miró a los ojos.

—¿Tú qué crees?

Él soltó una risita.

—Creo que he vuelto a chocar con otro de esos límites. —Se puso serio—. Quizá no pueda arreglar tus problemas, pero llevo mucho más tiempo que tú al mando de gente. Si me permites que te dé un consejo, mañana no seas muy amable con ella. Debatir y mostrar desacuerdo es una cosa, pero no dejes que nadie desafíe tu autoridad ni te falte al respeto. Eres tú la que está al cargo, no ellos.

Lily lanzó un gemido y se cubrió el rostro con las manos.

—Era una de mis profesoras. Me sentaba en sus rodillas cuando nos contaban cuentos.

—¡Pobre Lily! —Wulf le frotó la espalda—. ¿Todavía necesitas sentarte en su regazo en la hora de los cuentos?

—¿Qué? —Ella se enderezó y lo miró de hito en hito—. ¡No!

✧   ✧   ✧

A WULF LE encantaba ver cómo le brillaban los ojos, le gustaba tanto, que sentía tentaciones de seguir pinchándola. Pero tras aquella llamarada de fuego, había mucho agotamiento y círculos oscuros rodeaban sus ojos.

En lugar de pincharla, se encogió de hombros.

—Me parece que sabes que las cosas han cambiado. Aunque no me has contado lo que os habéis dicho, puede que ella necesite que le recuerdes eso.

Lily arrugó los labios.

—Lo pensaré.

—Bien. —Wulf seguía hambriento. Como ella ya no necesitaba su navaja para comer la horrible comida naranja, untó más pan salado con caviar y lo comió—. Por mí no te reprimas. Empieza con el chocolate.

Estaba preparado para encontrar oposición, pero esa vez ella lo sorprendió y tomó el chocolate.

—Has destruido mi integridad. No olvidaré esto.

Él le empujó el hombro con el suyo.

—Nadie tiene por qué saber nada del chocolate y de esa cosa naranja rara. Tu secreto está a salvo conmigo.

Lily le dedicó una sonrisa torcida y partió una tableta en trocitos.

—Ya hemos hablado mucho de mí. ¿Y tú qué? ¿Cómo fue tu infancia?

—Muy normal y sin complicaciones. No fue despiadada, no hubo cosas raras ni pasajes de cruce que desaparecían. A veces me alejaba un poco más de lo debido, todo el mundo me mimaba y mi reloj era mi estómago. Siempre estaba en casa a la hora de comer.

—Tu madre fue la señora de Braugne, ¿verdad?

—Así es. —Cuando él terminó el caviar, comió la última galleta salada y miró a su alrededor con pesar. Seguía teniendo hambre—. Su primer esposo murió después de que naciera Kris. Unos años más tarde volvió a casarse y nací yo. Siempre me alegró que él fuera el heredero. Yo no quería gobernar Braugne bajo ningún concepto.

Seguía sin querer. Ahora quería gobernar todo Ys.

Lily dudó un momento.

—Estás muy seguro de que Varian hizo matar a tu hermano. ¿Tienes pruebas?

Wulf no contestó inmediatamente, se echó hacia atrás apoyado en un codo y la miró. Lily se giró hacia él y se tumbó también de costado, con la cabeza apoyada en el dorso de la mano.

El resplandor del fuego daba un baño dorado a su piel. Al principio de todo, él no se había fijado en ella entre el grupo del muelle. Toda su atención estaba fija en la hermosa y fiera primera ministra.

Luego, poco a poco, Lily le había llamado la atención cada vez más, hasta llegar a aquel momento, en el que no podía dejar de mirarla.

Le costaba creer lo hermosa que era y lo sofisticado que resultaba el juego sutil de sus expresiones. Y no podía dejar de tocarla.

Le tomó la mano y jugó con sus dedos.

—Braugne siempre ha sido un reino de poco dinero. Nuestro país es montañoso, espléndido e implacable. Podemos dar casa y comida a los nuestros, y nuestras ovejas y cabras están entre el ganado más fuerte que un granjero pueda esperar, pero, hasta la fecha, nuestras mayores exportaciones han sido de hierro, algo de cobre y sal de las minas de sal.

Lily jugaba también con los dedos de él. No era una gran intimidad, pero su contacto enviaba un rastro de fuego líquido por las venas de Wulf.

—Eso es casi todo lo que sé de Braugne —admitió ella.

—Además, no tenemos acceso a las ventajas que los pasajes de cruce pueden darle a un reino. Ni tampoco Karre o Mignez. Esas ventajas las disfrutan Guerlan, Calles y Chivres. Esos pasajes no solo están más lejos del alcance de todos los demás, sino que además la mayoría imponen tasas por dejar usarlos.

Lily arrugó la frente.

—Nunca había pensado en esa desigualdad. Algún día me gustaría hablar de modos de cambiar eso.

Aquella mujer era una bendición. Wulf la habría besado en ese momento. Él también quería cambiar aquello, nivelar algunas de las desigualdades de los reinos más ricos y dar más oportunidades a los más pobres. Lily había acertado. Tenía el alma de un conquistador y la ambición de hacer realidad sus conquistas.

Pero no estaba dispuesto a seguir ese rumbo, y no quería irritarla. Quería que continuara aquella conversación serena e íntima.

Por el momento, pues, se contentó con acercar los dedos de ella a sus labios.

—Eso me gustaría. Pero volviendo a tu pregunta, el año pasado Varian inició conversaciones con mi hermano. Le ofreció un tratado para que alquiláramos varios miles de hectáreas de terreno a Guerlan durante cien años. Su enviado dijo que era con propósitos de caza, que su rey deseaba experimentar el magnífico reto de cazar jabalíes salvajes, leones de montaña y dragones en Braugne.

Lily enarcó las cejas, pensando en aquello.

—¿Los dragones son difíciles de matar? —preguntó.

—Mucho. Sus cuerpos tienen el tamaño de un mastín

grande, sin contar las colas, y tienen dientes casi tan largos como la longitud de mi mano.

La joven lo miró con curiosidad.

—¿Es cierto que escupen fuego?

—Quema como el fuego, pero es más bien un ácido que te come la carne hasta el hueso si dejas que te alcance. También son listos como gatos monteses, y muy rápidos, así que cazarlos no es una actividad segura, pero parece ser que Varian estaba ansioso por intentarlo. Kris le dijo que se tomaría el invierno para considerar su propuesta. Firmar una cesión de cien años no es algo que se pueda hacer a la ligera. Además, eso le preocupaba. ¿Por qué cien años? Varian está en mitad de la treintena. Dentro de cuarenta o cincuenta años más, ya no cazará nada. Aun así, el dinero resultaba tentador. Podíamos hacer muchas cosas con él.

—Estoy esperando que la historia dé un giro a peor —murmuró ella.

Wulf le apretó la mano.

—Los acontecimientos se prolongaron durante un tiempo, pero la historia gira bastante deprisa. Kris recapacitaba sobre el tratado mientras el enviado de Varian pasaba el invierno en nuestra corte. Era divertido, encantador y persuasivo, y, sin embargo, ¿por qué cien años? ¿Por qué esa tierra en particular? La única utilidad que había tenido era una mina de sal que todo el mundo sabía que estaba casi agotada. Así que Kris me encargó la tarea de averiguar por qué.

—¿Y lo hiciste?

Wulf pensó en su larga y meticulosa investigación. Hacer seguir al enviado de Guerlan, interceptar mensajes, descubrir, poco a poco, una red de espías de Guerlan, que se habían establecido en el reino y su rabia incrédula ante lo que iba descubriendo.

—Mi equipo de investigadores y yo tardamos varios meses, pero lo logramos —dijo—. A lo largo de la última década, Varian, a la chita callando, ha ido adquiriendo presencia en nuestras ciudades mineras y espiando nuestras exploraciones. Y resulta que la mina de la tierra que quería alquilar había agotado casi la sal, cosa que ya sabíamos todos. Pero la noticia importante era que los mineros habían encontrado oro.

Capítulo Siete

LILY SE ENDEREZÓ.

—Y vosotros no lo sabíais.

—Exacto. Varian había sobornado al director de la mina, que le informaba a él. El minero que hizo el descubrimiento había muerto en una caída, su muerte se había considerado un accidente y el pueblo estaba ya medio abandonado, pues la gente se iba a buscar oportunidades en otros lugares. Si Kris hubiera firmado ese alquiler, todos los beneficios de la mina habrían sido de Guerlan durante cien años.

El rostro de Lily mostraba la indignación que sentía.

—¿Y qué pasó luego?

—Kris perdió los estribos. —Wulf se incorporó sentado y cruzó los brazos sobre las rodillas alzadas—. Yo llevaba varios años al frente de su ejército, pero insistió en mandar personalmente una unidad para enfrentarse al director de la mina. Mi tarea consistía en terminar de descubrir a todos los demás espías de Guerlan que quedaran en nuestras operaciones mineras. Él partió justo antes del solsticio de verano. Esa fue la última vez que lo vi con vida, y a las tropas que lo acompañaban también. Hemos recuperado la mayor parte de los cuerpos, pero todavía no hemos encontrado el de Kris.

Lily le tocó la mano.

—Por el modo en que hablas de él, noto que amabas mucho a tu hermano. ¿Sabes qué fue lo que causó la avalancha?

—Encontramos residuos de aceite y mis brujas dicen que hubo algún tipo de magia relacionada con eso. Y tengo muchas pruebas que demuestran que Varian ha espiado a Braugne durante años y conspirado para robar nuestros recursos. —Wulf apretó los puños y añadió entre dientes—: Así que sí, tengo más que suficiente para justificar marchar contra Guerlan y pienso hacerle tragar las pruebas a Varian cuando llegue allí.

—Comprendo. —Lily se disponía a decir algo, pero la interrumpió una llamada a la puerta. Paralizada, lo miró fijamente.

Cuando se repitió la llamada, se sobresaltó.

Wulf, que se había puesto tenso, volvió a relajarse y abrió las manos. Había corrido un riesgo al ir allí y tenía que seguir adelante con él. No le quedaba más remedio que confiar en ella.

—Tienes que contestar —le dijo—. Si no, cederán al pánico y echarán la puerta abajo.

Lily se levantó de un salto, como si tuviera fuego bajo los pies.

—¡Un momento, ya voy! —gritó. Miró las envolturas de chocolate, la lata y los frascos vacíos esparcidos por el suelo y alzó las manos. A continuación se giró hacia el equipo de escalada al lado de la pared. Señaló una puerta abierta.

—¡Rápido! —siseó—. Agarra tus cosas y entra en mi dormitorio.

Wulfgar pasó a la acción, reprimiendo una sonrisa. Sí, había corrido un riesgo, pero sabía que podía confiar en ella. Tomó sus cosas, entró en la habitación oscurecida, se detuvo en silencio al lado de una pared y escuchó.

Oyó unos arañazos en la madera cuando ella descorrió el cerrojo y abrió la puerta.

—¿Qué ocurre, Margot?

¡Ah! La siempre irritante primera ministra de la Elegida. Wulf se frotó la barbilla con el dorso de la mano. Aquella mujer era una metomentodo constante.

—Como no has bajado a cenar, quería ver si estás bien —musitó Margot—. Querida, ¿has llorado?

—Sí —repuso Lily—. Y no, no quiero hablar de eso ahora.

—¿Seguro? Si me necesitas, estoy aquí.

—Ya lo sé —dijo la voz cálida de Lily—. Y eso significa mucho para mí, pero ahora mismo necesito estar sola. Es duro esperar, ¿sabes?

—Lo sé. —La voz de Margot era sombría—. ¿Al menos puedo enviarte una bandeja de comida?

—Esta noche no. He comido un tentempié y no tengo hambre —contestó Lily con firmeza—. Gracias por preocuparte por mí. Nos veremos por la mañana.

—Está bien. —Wulf no oyó el sonido de la puerta y adivinó que Margot se hacía la remolona, reacia a marcharse—. Buenas noches, Lily. Procura dormir algo.

—Tú también.

Entonces se oyó murmullo de ropas y después, por fin, el sonido de la puerta al cerrarse, seguido del ruido del cerrojo.

Cuando Wulf salió, encontró a Lily con la frente apoyada en la puerta y los hombros hundidos. Parecía tan abatida, que él dejó su equipo a un lado, se acercó y la estrechó en sus brazos.

Margot no era la única metomentodo perpetua. Él era

otro.

Había ido hasta allí para discutir con Lily, pero también por otras razones. Quería terminar la conversación que habían empezado en su tienda. Se había empeñado en seducirla porque no le tocaba a ella dejarlo a él. La dejaría él cuando hubiera terminado con ella.

Pero en aquel momento, no podía. Reconocía todas las pistas que decían que, si se empeñaba, todavía podría tenerla por esa noche. Después de ponerse rígida al principio, había girado hacia él en el abrazo y apoyado la cabeza en su hombro, y la confianza de ese gesto lo ataba de un modo mucho más irrevocable que ninguno de los límites invisibles de ella.

Si la presionaba, quizá sucumbiría, pero su mente y su corazón estaban tan cargados por otros asuntos que también podía ser que luego la perdiera, y si la perdía, sería solo lo que se merecía. Además, no quería ser un hombre tan egoísta.

—No puedo resolver todos tus problemas —le dijo en el pelo—. Tampoco puedo aliviarlos. No pude salvar aquel pueblo minero, no pude proteger a mi hermano y no quiero parar lo que pienso hacer a continuación. Pero si me lo permites, puedo abrazarte un rato. Me gustaría mucho hacerlo.

Ella lo abrazó despacio por la cintura. Él se alegró ferozmente por ello. Estaba orgulloso de cómo se apoyaba en él y decidido a ser digno de ello.

—A mí también me gustaría —susurró ella.

Wulf la llevó de vuelta a la zona de estar, se sentó a su lado en el sofá y volvió a estrecharla en sus brazos. Exploraron vacilantes aquel extraño acercamiento, con el cuerpo de ella encajando contra el físico mucho más largo de él, la cabeza de Lily descansando en su hombro y la mejilla de él encima de la cabeza de ella.

Cuando se instalaron en el abrazo, algo le ocurrió a Wulf, algo que no había previsto. Hacía tanto tiempo que llevaba un nudo frío y duro de rabia en el pecho, se había acostumbrado de tal modo a vivir con eso, que solo volvió a ser consciente de su existencia cuando el nudo se aflojó y se convirtió en algo que se parecía sorprendentemente al consuelo.

¡Maldición! Su intención había sido consolarla a ella y resultaba que el consolado era él. Recordó el dolor en las entrañas cuando se dio cuenta de que Kris había muerto, pensó en el cuerpo perdido de su hermano y se le humedecieron los ojos.

Estrechó a Lily con más fuerza y juntos observaron las llamas brillantes de la chimenea. Después de un rato, se dio cuenta de que no había leña apilada cerca. Ninguno de los dos había alimentado el fuego y, sin embargo, crepitaba como si acabaran de encenderlo y los troncos parecían todavía recientes.

Era solo uno más de los muchos milagros que planeaban alrededor de Lily como luciérnagas brillando en la oscuridad. Y por primera vez en su vida, Wulf rezó.

La deseo, le dijo a Camael, mirando las llamas con fiereza. *De hecho, la deseo más de lo que he deseado nunca en mi vida. Puede que sea tu Elegida, pero más vale que estés dispuesta a compartirla.*

Desde luego, no era la oración más suplicante ni reverente jamás pronunciada, pero Wulf no era un peregrino. Era quien era.

La diosa no contestó.

Por supuesto que no. Los dioses no le hablaban a él.

Pero tampoco lo mató un rayo allí mismo. Después de

un largo momento escuchando el silencio pacífico, interrumpido solo por los chasquidos y el crepitar de las llamas, consideró aquello como una victoria.

Lily se movió en sus brazos.

—¿Cuánto tiempo crees que tendremos que esperar hasta que haya noticias? —preguntó.

—Es imposible saberlo, amor. Las noticias llegarán cuando lleguen. —Wulf la besó en la frente—. Por si te ayuda de algún modo, he enviado a mis mejores guerreros de camuflaje detrás de los tuyos, con orden de ayudarlos si tu gente lo necesita.

Cuando vio que a ella le empezaban a temblar los hombros, sintió un momento de alarma, hasta que se dio cuenta de que se reía.

—¿Por qué me sorprendo? —preguntó Lily—. Por supuesto que lo has hecho. ¿Tú siempre te sales con la tuya?

Wulfgar ladeó la cabeza y consideró su respuesta.

—Debo confesar que sí.

Lily se enderezó y lo miró con ojos muy abiertos.

—Supongo que, a estas alturas, eso ya no será una sorpresa —musitó él, perplejo por su reacción.

—No. —Ella le sonrió con suavidad—. Supongo que no.

Wulf le tocó la mejilla.

—Quiero quedarme, pero será mejor que me vaya. Tú necesitas descansar y yo no debería estar aquí.

—Es la decisión más sensata que has tomado en toda la noche. —Lily parecía preocupada—. ¿Estás seguro de que podrás bajar de la torre y cruzar de nuevo el estrecho de noche?

Wulf puso los ojos en blanco.

—No empieces otra vez con eso.

La joven se echó a reír de nuevo.

—Muy bien, olvida lo de cruzar el estrecho de noche. ¿Seguro que podrás hacer ese descenso en la oscuridad?

—He dejado los pitones colocados. Bajar será mucho más fácil que subir. —Wulf sonrió—. ¿Por qué? ¿Estás preocupada por mí?

—Quizá… Un poco. —Ella lo siguió cuando él recogió su equipo y se acercó a la ventana rota—. O puede que no quiera mirar por la ventana por la mañana y ver tu cuerpo roto colgando al extremo de una soga.

—No te preocupes, pasaré frío pero estaré bien. —Wulf la miró. Ella tenía los ojos rojos y en su mejilla se veía la marca de una arruga de la camisa de él. Olvidando por el momento todo lo demás, tomó su rostro entre ambas manos y la besó.

Sus labios suaves y delicados eran otro milagro. Ella le devolvió el beso, y eso fue un milagro más.

—Después de que haga justicia a mi hermano, tomaré el control de Ys y lo convertiré en un lugar mejor. Ya tengo tratados con Karre y Mignez. Quiero que tengamos esto claro.

Volvió a levantar la cabeza y ella lo miró con cautela.

—Entiendo.

Parecía tan perpleja, que él tuvo que volver a besarla. Podía haberle dicho:

—También te tomaré a ti y te guardaré a mi lado.

Podía, pero no lo hizo. Había conquistas que era preciso hacer con pasos cuidadosos y estratégicos.

—Duerme un poco, amor. Hablaremos pronto.

DESPUÉS DE LANZARLE un conjuro de camuflaje y de que él

saliera por la ventana, Lily se fue a la cama.

Para sorpresa suya, durmió profundamente unas horas, pero antes del amanecer, volvió el desasosiego. Empujada por la tensión que llenaba de nudos su cuerpo, se levantó, se lavó, se vistió y salió de la torre.

En las cocinas apenas habían empezado a cocinar, pero cuando la vieron, el cocinero jefe consideró un honor prepararle un desayuno temprano de huevos revueltos, pan con mantequilla y té dulce caliente.

Después del desayuno, su desasosiego fue en aumento. Subió a su despacho, hizo fuego en la chimenea y contestó algunas cartas. Cuando apareció Prem, su secretaria, Lily le sonrió.

—Buenos días. Por favor, tráeme a Gennita enseguida.

—Sí, Excelencia. —Prem le devolvió la sonrisa y se alejó.

Los minutos pasaban tan despacio, que Lily casi podía oír girar las ruedas del tiempo. Estaba nerviosa. El corazón le latía con fuerza y una fina capa de sudor le cubría la nuca.

¿Qué le sucedía? No esperaba impaciente su próxima reunión, pero tampoco se sentía tan mal como para justificar aquella reacción física. Se obligó a contestar otra carta.

Cuando Gennita apareció por fin en el umbral, acompañada por Prem, Lily dijo a la secretaría:

—Eso es todo por el momento. —Miró a la sacerdotisa mayor—. Entra, por favor, y si no te importa, cierra la puerta a tus espaldas.

—Por supuesto, Excelencia. —Gennita le dedicó una sonrisa forzada. Después de cerrar la puerta, se volvió hacia ella—. Asumo que esto es por lo que debatimos ayer.

Lily permaneció sentada.

—No fue un debate —contestó—. Fue una discusión.

Tú dijiste cosas que estaban fuera de lugar y lanzaste acusaciones.

Acusaciones muy dolorosas. Pero no. No hablaría de sentimientos.

La mujer mayor se puso rígida.

—Excelencia, no me gusta que me regañen como si fuera una colegiala que se ha portado mal.

—A mí tampoco. —Lily hizo una pausa para dejar que sus palabras calaran en la otra—. Por el amor y el respeto que te tengo, te voy a dar a elegir, Gennita. Hay un puesto maravilloso en Karre, que solo espera a la sacerdotisa adecuada y a su familia. Es obvio que valoran el trabajo que hacen las sacerdotisas de Camael. Tú tienes el talento sanador que necesitan. Ofrecen una casa grande y cómoda con jardines que dicen que son hermosos —a tu esposo le encantarían— y el templo está bien cuidado. El estipendio también es muy razonable. Podrías llevar una vida feliz allí, si quieres.

Mientras hablaba, los ojos de Gennita se llenaron de lágrimas. Parecía muy alterada.

—Hemos vivido aquí los últimos veinte años. Mis nietos están aquí. ¿Me ordenas que vaya a Karre y deje atrás al resto de mi familia?

—No —contestó Lily con firmeza—. Te ofrezco una elección y tienes un día para decidirte. Puedes explorar esta nueva oportunidad en Karre o puedes quedarte aquí. Pero si te quedas, tienes que cumplir las nuevas reglas que he implementado. Hay un momento para el debate y hay un modo correcto de mostrarse en desacuerdo. Enfrentarte a mí en mi despacho, no hacer caso cuando te digo que pares y lanzarme acusaciones muy emotivas nunca se considerará aceptable. ¿Está claro?

—Sí, Excelencia —susurró Gennita.

Parecía tan desgraciada, que Lily se levantó de la silla y se acercó a ella. Le tomó las manos y se las apretó.

—La vida asusta bastante en este momento. La abadía puede prosperar o hundirse por decisiones que yo tengo que tomar, y si crees que no sé eso en cada momento de cada día, estás muy confundida. Pero tienes que recordar que la diosa me eligió a mí y que soy yo la que tiene que tomar esas decisiones lo mejor que sepa.

—Sé que el puesto es difícil. —La voz de Gennita sonaba estrangulada—. Raella pasaba noches sin dormir por algunas de las cosas que tenía que hacer.

Lily respiró hondo.

—Sé que no ayuda que no vea las cosas del mismo modo que tú. No elaboro la información del mismo modo que tú y comprendo que eso tiene que resultar terrorífico e inexplicable en ocasiones. Si sientes que debes irte, te echaré de menos. Pero si te quedas y vuelves a hacer algo como lo de ayer, el siguiente nombramiento será obligatorio.

—Comprendo.

Lily volvió a su mesa, tomó la oferta del nombramiento de Karre y se lo tendió a Gennita.

—¿Por qué no lees los detalles de la oferta con tu esposo? Comunícame mañana a mediodía si quieres aceptar el puesto.

Gennita, que parecía ya más calmada, aceptó la carta.

—Gracias, Lily. Veo que has puesto mucho cuidado y atención a la hora de elegir esta oportunidad. Incluso has pensando en el amor de Edward por la jardinería. Y te pido disculpas por lo de ayer. No medité bien mis palabras.

—Disculpas aceptadas —musitó Lily—. Y ahora discúlpame tú. Como puedes ver, mi escritorio está peor que nunca.

—Por supuesto. —Gennita miró la mesa y sonrió con vacilación—. ¿Me permites una pequeña sugerencia?

Lily hizo acopio de paciencia.

—¿De qué se trata?

—Busca una segunda secretaria. Prem es maravillosa, pero no creo que esté a la altura de algunas de las tareas más complejas que podrías delegar en otra persona. Dulcinda, quizá, o tal vez Evie. —Gennita la miró a los ojos—. Tienes razón. La vida asusta un poco en este momento. Deberías estar libre para concentrarte en las decisiones importantes, no en papeleos.

Lily parpadeó.

—Gracias —dijo—. Pensaré muy seriamente en eso.

Cuando Gennita se marchó, giró sobre sí misma, mirando la estancia vacía. Aunque, como era de esperar, Gennita se había disgustado al recibir el ultimátum, la conversación no había ido tan mal después de todo.

De hecho, había ido mejor de lo que esperaba. Gennita incluso había vuelto a tutearla.

Sin embargo, en lugar de sentirse aliviada, estaba peor que nunca. Le temblaban las manos, el corazón le latía con fuerza y quería vomitar.

Aquello parecía un ataque de pánico.

Era lo mismo que había sentido cuando Jada había dado una patada a la mesa, había sacado el cuchillo y se había lanzado contra ella. Como si afrontara un peligro inmediato en ese mismo momento. Pero no había nada, nada en su despacho que…

Los detalles del despacho se borraron y captó otra escena.

Árboles desnudos por el invierno, suelo cubierto de

nieve, el frío mordiéndole los pulmones. El jadeo de un caballo que luchaba por respirar, pues llevaba mucho tiempo corriendo.

Otros gritando: *¡Corre más deprisa!*

Y *Si intentamos ir más deprisa, mataremos a Marcus.*

Y una línea de árboles justo debajo de una cresta…

Un gran número de guerreros saliendo de entre los árboles. Muchos iban a caballo, obcecados en la persecución.

Un dolor agudo la devolvió a la realidad que la rodeaba. Le dolían el codo y la nuca. Se incorporó sentada, desorientada, y tardó un momento en darse cuenta de que había perdido el equilibrio y caído.

También se dio cuenta de algo más.

La diosa nunca le había dado visiones basadas en el presente. Siempre habían sido de resultados posibles del futuro.

Pero esa vez no.

Esa vez había visto imágenes de su gente, que luchaba por llegar a casa.

Capítulo Ocho

S E LEVANTÓ DE un salto y salió corriendo del despacho.
En el cuarto de al lado, Prem estaba sentada en la esquina de su mesa, hablando con dos de las acólitas más mayores.

—Traedme mi chaqueta de invierno, capa y guantes —les dijo—. Necesito que vengan sanadoras y Defensores al muelle. —Las tres mujeres se quedaron paralizadas mirándola—. ¡Rápido!

Aquello las puso en movimiento y se dispersaron con los ojos muy abiertos.

Lily corrió por los pasillos y los patios. La urgencia la empujaba con alas frenéticas. Era más rápido acortar por el templo y eso fue lo que hizo. A sus espaldas se elevaban voces, gritando preguntas y exclamaciones.

—Excelencia… ¿Qué ocurre?

—¿Sucede algo?

Y luego la voz de Margot en un pasillo.

—¡Lily!

No se detuvo en ningún momento. Cuando llegó a las escaleras anchas que llevaban a las grandes puertas atrancadas que daban al muelle, iba flanqueada por tres Defensores.

Uno de ellos, Justin, intentó darle su capa, y ella la apartó con impaciencia. Los otros dos se unieron a ellos cuando Lily bajó los escalones y ordenó que abrieran las puertas. Miraron juntos la distancia blanca hasta el continente.

—No creo que podamos forzar las barcazas por ahí, Excelencia —dijo uno de los Defensores.

Lily se concentró en los centinelas de Wulf en el continente, pero no podía comunicarse con ellos desde aquella distancia. El único modo de ayudar a su gente era cruzar el estrecho.

Ve, susurró Camael.

Lily no se detuvo a cuestionarla. No había tiempo para una crisis de fe.

Echó a correr.

—¡Excelencia, esperad! ¡Todavía no hemos probado el hielo! —aulló Justin detrás de ella—. ¡Oh, demonios!

Lily ignoró todo lo demás —el viento cortante, el frío que le adormecía las manos y la cara y le lanzaba puñaladas de dolor al pecho— y corrió tan deprisa como pudo hacia la orilla. Wulf les ayudaría. Solo tenía que llegar hasta él.

En cierto momento resbaló, y se habría caído si no la hubieran parado unos brazos fuertes. Justin la miró extrañado y volvió a ponerla de pie.

Lily miró hacia atrás y vio que otros los seguían. No tuvo tiempo de ver nada más, pues en cuanto recuperó la estabilidad, volvió a correr.

Vio que en la orilla se congregaban más soldados. Algunos salieron al hielo y corrieron hacia ella. Uno era Wulf.

Era de los más rápidos. Sus largas piernas devoraban la distancia y su cuerpo en movimiento era un estudio de gracia y potencia. Lily nunca se había alegrado tanto de ver a alguien.

Cuando se acercaban, Justin desenvainó su espada. Lily le lanzó una mirada exasperada.

—¡Quieto, maldita sea! —ordenó.

Sus pulmones protestaron por ese intento de hablar mientras corría. Inhaló con fuerza y el aire seco y frío le raspó la garganta. Cuando Wulf llegó a su altura, ella se dobló con un espasmo de tos.

Él la agarró por los brazos.

—¿Qué pasa?

Ella solo pudo hablar por telepatía. *Necesitamos soldados, caballos, sanadores… ¡Hay que darse prisa!*

Wulf se quitó la capa, la envolvió en ella, la tomó en sus brazos y echó a correr hacia la orilla.

—¡Maldita sea, Excelencia! —gritó Justin, que corría a su lado.

Lily tosía todavía demasiado para contestar en voz alta. Tenía la garganta en carne viva y los músculos del pecho tan oprimidos como si estuvieran sujetos por abrazaderas.

Estoy bien, le dijo a Justin. *Él está ayudando. No quiero que nuestra gente luche con los de Braugne. Corre la voz.*

—Sí, Excelencia. —Justin la miró, no muy convencido, y empezó a gritar a los Defensores que se acercaban.

Cuando Wulf llegó a la orilla, ella había recuperado el aliento y él la dejó sobre sus pies. Lionel apareció a su lado, junto con Gordon y Jermaine. Lily buscó a Justin con la mirada y vio con gratitud que Estrella, la capitana de sus Defensores, y Margot, habían llegado ya a su lado.

Otros Defensores se acercaban a la orilla, junto con sacerdotisas, que transportaban sus equipos de sanación. Hasta Prem se reunió con ellos. Aferraba con fuerza la capa y los guantes de Lily y se los tendió sin decir palabra.

Lily se concentró en Wulf. Miró su rostro duro y vio que

el comandante estaba atento.

—¿Cuántos caballos necesitamos? —preguntó.

—No sé.

Wulf frunció el ceño con fiereza.

—¿Cuántos guerreros y sanadores?

—¡No lo sé! ¿Cuántos son muchos? —Lily cerró los ojos e intentó recuperar la imagen del campo nevado y la cresta entre los árboles—. Sé adónde tenemos que ir. Hay una cresta a unos ocho kilómetros de aquí, cerca de una cascada que ahora está congelada.

—Conozco ese sitio —dijo Estrella.

Lily miró a Wulf a los ojos.

—Hay un grupo con heridos que intenta llegar hasta nosotros. Los persiguen muchas más tropas de las que esperaban. Los he visto salir de la línea de árboles. Nuestro grupo está agotado y, si no llegamos allí a tiempo, no lo conseguirán. No sé cómo calibrar cuántos los persiguen porque solo me llegan imágenes en ráfagas, pero calculo que más de cien. Wulf, quiero que mi gente vuelva a casa. Envía muchos más.

Él asintió, le apretó un brazo, dio órdenes y los soldados se pusieron en marcha. Una docena de soldados de caballería, ya montados, se esforzaban por controlar a sus caballos, que bailoteaban impacientes.

—Has dicho que cada minuto cuenta —comentó Wulf—. Enviaré a estos delante, mientras se reagrupan los demás. Solo tenemos que saber adónde ir.

Prepárate, añadió telepáticamente. *El mayor número de víctimas lo sufrirán las avanzadillas.*

Ya habría tiempo para la pena más tarde, cuando supieran cuánto les había costado aquello. Lily miró a Estrella.

—Ve con ellos.

—Sí, Excelencia.

Estrella se unió al grupo y partieron.

Después de eso, Lily pensó que lo mejor que podía hacer era quitarse de en medio. Ella era visionaria, no guerrera. En un espacio de tiempo increíblemente corto, se reunió una fuerza formada por Defensores, soldados de Braugne y sanadoras.

Se produjo una discusión breve e intensa cuando Wulf descubrió que Lily se disponía a montar en una yegua que le había acercado uno de los Defensores. Le arrancó las riendas de la mano con una mirada fulgurante.

—¿Qué te crees que haces? —preguntó—. ¡Quédate aquí! No tienes por qué ponerte en peligro.

Detrás de su actitud perentoria, había una preocupación profunda y sincera. Lily no desperdició energía en enfadarse, sino que se limitó a preguntar:

—¿Tú puedes ver las cosas que veo yo?

Pasó un instante, un latido intenso de silencio. Wulf apretaba los dientes y le llameaban los ojos, y ella captaba lo mucho que quería contradecirla. Pero ella tenía razón y él lo sabía.

—Muy bien, tú vas a mi lado —gruño él—. No te separes de mí, ¿me oyes? Quiero que estés tan cerca, que pueda cortarle la cabeza a cualquiera que intente ir a por ti.

Detrás de él, estaban Justin, Lionel y Jermaine. Este último no daba muestras de estar sorprendido, pero los dos primeros parecían atónitos.

—Por supuesto —dijo ella, con voz clara que pudieran oír todos—. Tú eres el comandante.

La mirada oscura de él se iluminó. Le tocó la rodilla.

—Puedes apostar a que sí.

✧   ✧   ✧

CORRIERON HACIA LA cresta y la cascada congelada.

El grupo de la avanzadilla se había reunido con los heridos que huían, y estos últimos estaban en proceso de ser alcanzados, cuando doscientos guerreros de la caballería, formados por Defensores y luchadores de Braugne, cayeron sobre los atacantes.

Por primera vez en su vida, Wulf mandaba tropas desde los márgenes. Aunque, a decir verdad, cuando llegó el cuerpo principal de las tropas, ya no había mucho que hacer.

—No pueden salir de este campo de batalla —le dijo a Jermaine—. No quiero que a Varian le lleguen noticias de esto. O los capturamos o los matamos.

—Entendido, comandante.

Jermaine se alejó a ejecutar sus órdenes y la situación no tardó en invertirse. Lo que había empezado como una retirada se convirtió rápidamente en una matanza del otro bando.

Wulf no podía negar que era duro quedarse al margen. Pero cada vez que sentía el impulso de lanzarse hacia delante a pelear con el enemigo, miraba a Lily. Esta contemplaba la refriega muy pálida, con su yegua moviéndose nerviosa adelante y atrás.

Y él no podía dejarla, ni siquiera cuando la parte más lógica de su cerebro insistía en que estaría segura rodeada por una docena de guerreros. Así que aceptó lo inevitable y se quedó. El futuro podía ser un lienzo en blanco sobre el que se podían pintar multitud de opciones, pero, por el momento, las que habían tomado ese día estaban bien.

Incluso en el mejor de los casos, el momento posterior a una batalla era difícil. Había que controlar e interrogar a los prisioneros, atender a los heridos y moribundos e, inevitablemente, identificar a las bajas.

Al igual que habían hecho los guerreros, las sanadoras de la abadía trabajaban codo con codo con los doctores del ejército de Braugne. Wulf sabía que habían tenido suerte y la lista de bajas sería todo lo mínima que podía ser en tiempo de guerra, pero eso no borraba la expresión afligida del rostro de Lily cuando ayudaba a los sanadores.

Por fin, él no pudo soportarlo más. La apartó de allí y dijo con gentileza:

—Regresa ya, amor.

Ella le agarró la camisa.

—No puedo irme ahora.

—Sí puedes. No puedes serlo todo para todo el mundo todo el tiempo, así que no lo intentes o eso te matará. Deja que los demás hagan su trabajo y al menos vuelve a una de las posadas. Yo voy a sacarles algunas respuestas y después me reuniré contigo.

Lily respiró hondo y soltó el aire despacio.

—Está bien. Nos veremos en la ciudad.

Wulf la besó prolongadamente allí mismo, delante de su gente y de la de él. No miró a su alrededor, pero notó que se hacía un silencio.

Lily respiró con fuerza, pero no se apartó. De hecho, le devolvió el beso, vacilante, y él contó también aquello como una victoria.

—Una elección atrevida —murmuró ella contra sus labios—. Inesperada.

—Los comunicados por adelantado son muy efectivos a la hora de propagar reglamentos nuevos entre una población —susurró él, con las yemas de los dedos en la curva suave de la mejilla de ella.

—¡Oh, diosa querida!, ¿tú acabas de decir eso? —Lily se

apartó y lo miró con recelo—. ¿Esa frase increíble es tu modo de coquetear?

Wulf entornó los ojos.

—Por supuesto que no. Mi modo de coquetear era el chocolate y esa horrible comida naranja. Esto es una declaración pública de intenciones. Cuando vuelva a coquetear, lo sabrás.

—¿Lo sabré? —Lily sonrió un poco—. ¿Qué hacías cuando escalaste mi torre?

Wulf pensó un momento.

—Sí, eso también era coquetear.

—¿En serio? Yo creía que buscabas pelea.

—Era un modo de coquetear peleón —repuso él—. Recuerda que llevé conmigo la comida naranja y el chocolate. Y puesto que vas a atrancar tus ventanas, fue una ocasión única.

—Yo no voy a atracar mis ventanas.

La voz de él se hizo más dura.

—Eso es inaceptable.

—¿De verdad? —Lily enarcó lentamente las cejas hasta la línea del pelo—. Pues mala suerte. Esa decisión es mía, porque nadie en su sano juicio escalaría esa torre. Nadie excepto tú. Y para tu información, esta mañana me he mostrado amable pero firme con Gennita y le he ofrecido distintas soluciones para arreglar nuestro conflicto. Así que tú haz lo que tengas que hacer y deja que yo haga lo mío.

Wulf había reconocido ya que la deseaba, pero ese fue el momento en el que se enamoró. Porque podía tomarla y ella podía entregarse a él, pero sabía que jamás conseguiría conquistarla.

Apoyó la mano en la mejilla de ella y susurró con suavidad:

—Lily.

Eso fue todo. Solo *Lily*.

Sabía que su expresión transmitía todo lo que sentía, porque no hacía esfuerzos por ocultarlo. Lily suavizó la mirada y le cubrió una mano con la suya.

Cuando por fin se separaron, Margot se lanzó sobre Lily como un pájaro de presa y se la llevó, y a Wulf no le importó nada perderse esa conversación. Se sumergió en el trabajo, y mucho más tarde, fue a reunirse con ella en la ciudad.

Cuando caminaba por la calle principal, vio que Lily no había estado inactiva. Las puertas de varias casas estaban abiertas y, a juzgar por lo que se veía en su interior y por la actividad en las calles, las estaban convirtiendo en hospitales temporales —una idea tan excelente y tan obvia, que debería habérsele ocurrido a él.

Encontró a Lily en la posada el León Marino, bebiendo vino y jugueteando con un plato de comida, con Defensores colocados estratégicamente por la taberna. El rostro cansado de ella se iluminó al verlo.

Wulf se acercó despacio y se inclinó a besarla en los labios. En la habitación cesaron de pronto todos los movimientos y las conversaciones, que volvieron a empezar poco a poco.

—Ya está —dijo él con satisfacción—. Ahora también he declarado mis intenciones a tus guardaespaldas y a la gente de la ciudad.

Lily enarcó de nuevo sus expresivas cejas. Aquellas cejas mostraban un gran talento para regañar. No eran necesarias las palabras, aunque eso no la detuvo.

—No has declarad nada a nadie, y menos a mí —replicó—. Lo único que has hecho ha sido besarme y... —Alzó ambas manos y se echó a reír—. ¿Y qué?

—Si no tuviera la autoestima alta, podría tomarme eso mal —le dijo él. Se sentó en el banco a su lado, tan cerca que sus caderas se rozaron, puso un codo en la mesa, apoyó la cabeza en la mano y ladeó el cuerpo hacia ella.

Al ver que ella reía más fuerte, sonrió. Lily se puso seria.

—Estrella ya me ha dado su informe. Dice que todos los magos del clima están muertos y que el grupo de ataque era tan grande porque eran el punto focal de los magos del clima. Los magos se desgajaban del grupo para lanzar sus conjuros y luego volvían a reunirse con ellos. Eso es lo que sé. ¿Qué más sabes tú?

—Tus sacerdotisas han actuado bien. Después de comparar los relatos de distintos prisioneros con nuestro recuento personal, estoy bastante seguro de que hemos capturado o matado a todo el grupo, que era lo que yo esperaba. —Él hizo una breve pausa antes de añadir—: Son de Guerlan, por supuesto.

—Por supuesto —murmuró ella. Le pasó su plato y Wulf empezó a comer con ansia. Lily deshizo un trozo de pan con dedos nerviosos—. ¿Algo más?

No había modo de hacerle más fácil la parte siguiente.

—Por lo que hemos podido saber, enviaron noticias a Varian en cuanto cayó el primer mago del clima. Pronto sabrá que Calles ha intervenido en esto. Se esforzaron tanto por acabar con tu grupo antes de que volviera aquí porque no querían que Calles supiera que eran ellos.

—Todo lo que ha hecho, lo ha hecho de un modo solapado. —Lily apretó los labios.

—Sí. Intentó apoderarse de un oro que no era suyo y después mató a mi hermano en un esfuerzo por cubrirse. Ha esparcido rumores sobre mis tropas y sobre mí, matado a gente y prendido fuego a sus granjas para causar terror y provocar resistencia en todas las tierras por las que hemos pasado. Ha envenenado a mis tropas para frenarnos, ha intentado envenenarme a mí y los magos del clima tenían la misión, o bien de acabar con nosotros o de obligarnos a volver a Braugne hasta que pasara el invierno.

Lily apartó las migas de pan destrozado.

—Se esfuerza mucho por evitar enfrentarse a ti en el campo de batalla —dijo.

—Porque perderá —contestó Wulf con seguridad. Su alma no albergaba ni una sombra de duda sobre eso—. Varian vive en tiempo prestado y creo que lo sabe. Pero basta ya de él, quiero hablar de ti.

La expresión de ella se volvió recelosa de nuevo.

—Muy bien. ¿De qué quieres hablar?

—Solo faltan unos días para el solsticio de invierno. —Wulf le tomó una mano y jugó con sus dedos—. Mis hombres han atravesado un continente. Han combatido ataques mágicos y veneno y necesitan un respiro, algo que les haga ilusión. ¿En Calles celebráis la Mascarada?

—Sí —contestó ella con una sonrisa—. De hecho, a estas alturas debería haber ya decoraciones en las calles, si no se hubieran ido todos a la abadía. ¿Por qué? ¿Quieres celebrar la Mascarada con nosotros?

Podían dejarle unos días a Varian para asimilar la desaparición de sus magos y de sus tropas. Y entretanto, Wulf quería llevar a cabo otra campaña que era de la máxima importancia.

Devolvió la sonrisa a Lily.

—Sí, me gustaría.

Capítulo Nueve

HABÍA SIDO UN día sombrío en muchos sentidos, pero sus escarceos con Wulf habían logrado que Lily se sintiera algo mejor.

Esa noche la escoltó de vuelta a la abadía a pesar de la insistencia de ella de que no era necesario y de que la media docena de personas que la acompañaban eran escolta más que suficiente.

A medio camino del estrecho congelado, él extendió el brazo y terminaron el recorrido tomados de la mano.

Cuando llegaron al pie de las escaleras del muelle, tiró de ella para obligarla a mirarlo y la besó. Y siguió besándola.

Y la besó un poco más.

Colocó la capucha de ella alrededor de los dos, lo que les dio una sensación de intimida que simplemente no era tal, pero Lily le agradeció el gesto.

Los labios de él eran muy cálidos y ella los conocía bien. Los había besado en un millar de sueños.

—Si esto es otro comunicado para propagar un nuevo reglamento a la población, creo que te pegaré —susurró ella cuando él se apartó.

Wulf le dedicó una sonrisa ensombrecida.

—No, amor. Esto soy yo flirteando de nuevo. Que duermas bien. Nos veremos pronto.

La soltó con una desgana más que evidente en su

lenguaje corporal y se volvió hacia el estrecho. Lily observó un momento su figura fuerte y solitaria y después miró por el borde de la capucha a los Defensores que guardaban las puertas abiertas.

Estos tenían la vista fija al frente y la expresión seria. Uno de ellos en particular tenía los ojos algo protuberantes, obviamente por algún tipo de presión interna, y su psique bailaba y reía.

Hablar con Margot había sido difícil. Lily decidió que no tenía por qué emerger de las profundidades de su capucha si no quería y se dirigió a su torre esquivando miradas de curiosidad. Durmió como un tronco toda la noche.

A la mañana siguiente, antes de que tuviera ocasión de tomar su primera taza de té, Gennita fue a verla y le dijo que su esposo y ella habían decidido permanecer allí. Aunque se mostraba incómoda, Lily captó que su psique se había suavizado considerablemente y aceptó la noticia con alegría.

Unas horas más tarde, después de haber entrevistado a Dulcinda y a Evie, nombró a Dulcinda segunda secretaria y le entregó el presupuesto.

—Por favor, devuélvemelo reducido a lo más básico. Tenemos que retener todas las monedas que podamos por si nos vemos obligadas a comprar más alimentos antes de la próxima cosecha.

—Lo haré encantada, Excelencia.

Tras haber delegado el presupuesto en otra persona, Lily se sentía tan rebelde, que tomó las solicitudes de sacerdotisas que cubrían su mesa y las pasó al escritorio de Prem.

—Quiero que me recomiendes a las personas más indicadas para esto —le dijo.

—Sí, Excelencia. —Prem le sonrió y se puso a trabajar.

Excelencia. Ese título la hacía sentirse vieja. Cuando se

volvía, entró Estrella en la oficina exterior. Aunque la expresión de la capitana de los Defensores era de lo más educada, su psique estaba teñida de rojo y miraba a Lily de hito en hito.

—Buenos días, Excelencia —dijo Estrella—. Vuestro invasor está aquí.

—Mi… invasor. —Lily se obligó a dejar de mirar la zona de encima de la cabeza de la capitana.

—Sí, Excelencia. Ya sabéis, el que mató a su hermano, quemó granjas, asesinó a familias y después trajo a su ejército a nuestra tierra sin ser invitado y empezó a besaros. Ese.

Lily respiró hondo y se frotó la cara. "Tranquila, no pierdas la calma".

—No mató a su hermano —le dijo a Estrella—. Lo mató el rey de Guerlan. Tampoco ha hecho ninguna de las otras cosas. Bueno, sí entró con su ejército en nuestra tierra sin ser invitado y me ha besado. Pero lo demás no es cierto.

Parte de la rabia desapareció de la psique de Estrella. Frunció el ceño.

—¿Estáis segura?

—Sabéis lo bueno que es mi sentido de la verdad. Sí, estoy segura. —Lily miró a la capitana—. ¿Qué quiere?

—Ha pedido una audiencia con vos. Después de lo de ayer, ninguno de los Defensores estamos seguros de cómo debemos responder a su presencia. Ha venido andando solo desde el continente, o sea que no supone una amenaza inmediata…

—Capitana, él no es ninguna amenaza para nosotras, a menos que hagamos algo estúpido como ponerlos en peligro a sus hombres o a él, y no vamos a hacer eso. —Lily tamborileó con los dedos—. Lo he invitado a permanecer aquí durante el solsticio de invierno. Trataremos con educación a la gente de Braugne y les daremos la bienvenida a nuestra Mascarada. Por favor, decid a los habitantes de la ciudad que, si quieren seguir en la abadía, son bienvenidos, pero los que deseen marcharse, puede irse con mi bendición.

La tensión que pesaba sobre los hombros de Estrella disminuyó bastante.

—Sí, Excelencia. Me encargaré de dar la noticia a los evacuados. Respecto al inva… al Protector de Braugne, ¿le digo que se marche?

—No, por favor, acompañadlo a mi despacho. —Cuando salió Estrella, Lily miró a Prem—. Me prometió coquetear conmigo. Debería ser divertido.

La secretaria la miró con regocijo.

—Excelencia, eso es fantástico. ¿Le damos la bienvenida?

—Eso depende de lo que haga. —Lily se encogió de hombros, volvió a su despacho y esperó.

Miró por la ventana hasta que oyó que Estrella decía detrás de ella:

—El Protector de Braugne, Excelencia.

Lily se volvió, pero el saludo que había preparado murió en sus labios cuando Wulf se adelantó hacia ella. Era el de siempre, un hombre poderoso y endurecido que llevaba armadura, capa y espada, pero en una mano sostenía un ramo grande de rosas rojas.

La ilusión se mantuvo perfectamente durante un minuto. Lily hasta captó un olor a rosas. Luego, cuando se acercó más, ella se dio cuenta de que el ramo estaba formado por las rosas de terciopelo de la tienda que había allanado.

Sonriente, tendió las manos.

—Son muy hermosas, gracias. Juro que hasta he olido a rosas.

—Las he rociado con perfume. —Al dárselas, se inclinó para robarle un beso rápido. Lily se lo devolvió encantada.

—Asumo que has dejado más dinero en el frasco detrás del mostrador.

Wulf sonrió débilmente.

—¿Has dudado de mí?

—En absoluto. —Ella enterró el rostro en las flores de terciopelo suave, inhaló con placer y las dejó sobre su mesa—. Además, revisé la tienda ayer por la tarde, cuando volví a la ciudad. Estaba como tú dijiste. Las monedas seguían allí. De hecho, creo que había más de las que dejaste al principio.

—Por supuesto.

Lily se apoyó en su escritorio.

—¿Qué puedo hacer por ti, Wulf?

—Si puedes dedicarme una hora, me gustaría que me enseñaras la abadía. Por lo que he leído, es un lugar hermoso. Me gustaría oír lo que amas tú de este lugar.

La joven se animó todavía más.

—Espera que tome mi capa.

Caminaron juntos por el templo y los patios, conversando. Él colocó la mano de ella en su codo y ella se lo permitió.

No a todo el mundo parecía gustarle verlos juntos. Aunque todos los saludaban con educación, algunas psiques los miraban con miedo y odio, porque las personas son así, y aunque Wulfgar no era responsable de la violencia que había llegado a Calles, había llegado a causa de su presencia. Y los cambios son duros.

Cuando terminó la hora, se detuvieron en la parte

superior de las escaleras que llevaban al muelle. Wulf la miró muy serio.

—Es tan hermosa como dicen todos.

—Yo creo que sí. —Lily frunció el ceño e intentó captar pistas sobre el cambio de humor de él. El lobo de su psique le había vuelto la espalda y tenía la cabeza baja.

Wulf la besó en la boca y después en la mejilla.

—Te veré pronto —dijo.

Cuando se marchó, se llevó consigo la claridad del día invernal y la calidez que había. Ella lo observó volver al continente, donde un grupo de soldados hacían guardia. Cuando llegó hasta ellos, se alejaron de regreso al campamento.

Eso marcó una pauta que se prolongó varios días. Cuando volvió al día siguiente, Wulf llevaba consigo manuscritos antiguos.

—¡Oh!, los manuscritos antiguos. —Lily se frotó las manos con placer—. Espera, estos iban a ser un soborno.

—No eran un soborno, eran un regalo. Lo que pasa es que me tenías demasiado miedo para aceptarlos.

—Yo no te tenía miedo. Fui sola a tu campamento, ¿recuerdas? Era un tema político, no quería dar la imagen de que apoyaba a un bando frente al otro.

Wulf se echó a reír.

—Pues eso ya es agua pasada, ¿no? Tómalos y disfrútalos, amor.

Tenía razón. Ya era agua pasada.

—Gracias. —Lily aceptó el regalo con una sonrisa—. Lo haré.

Siempre la besaba cuando se encontraban y nunca dejaba de besarla al marcharse. Eso la hacía feliz, pero también la inquietaba. Había desarrollado hambre de él. Un hambre que sentía bajo la piel y que le hacía dar vueltas en la cama por la noche.

Una vez abrió la ventana del cierre roto solo para mirar los pitones que bajaban por el lateral de la torre y que, obviamente, no se usaban lo suficiente.

Mientras, muchos de los habitantes de la ciudad habían vuelto a sus casas y empezaban a aparecer decoraciones. Calles estaba hermosa en el solsticio de invierno, con las luces brillando en las casas y las tiendas y cintas y pancartas de colores vibrantes engalanando las puertas y ventanas de todos los edificios.

La abadía también se decoraba para las fiestas. Siempre era un gran placer sacar con reverencia los ornamentos y decoraciones que tenían generaciones de antigüedad. La Mascarada era una celebración de todos los dioses —aquellos que llamaban los dioses de las Razas Ancianas de la Tierra— y no solo de Camael, así que montaban representaciones para los siete.

El primero era siempre Taliesin, el dios de la danza. Mitad varón y mitad hembra, era el primero entre los Poderes Primigenios porque todo baila, los planetas y las estrellas, los demás dioses, las Razas Ancianas y los humanos. El baile es cambio, y el universo está constantemente en movimiento.

También estaban Azrael, el dios de la muerte; Inanna, la diosa del amor; Nadir, la diosa de las profundidades o del oráculo; Will, el dios de los dones; Hiperión, el dios de la ley; y, por supuesto, Camael, diosa del hogar.

Cuando ayudó a colgar las decoraciones, Lily se esmeró especialmente con los arreglos de Camael en el templo.

—Porque soy parcial —le susurró a la diosa.

Y cuando un soplo de aire atravesó el templo, le pareció

que captaba un amago de sonrisa de la diosa.

En Calles, la Mascarada tenía lugar en la ciudad. La procesión de los dioses bajaba por la calle principal y aquellos que querían participar abrían sus puertas para la velada.

En las esquinas de las calles sonaba música, todo el mundo bailaba, algunas personas bebían demasiado y a veces estallaban peleas por eso, pero, en conjunto, la Mascarada era principalmente diversión.

El día anterior, Jermaine y Lionel se reunieron con Estrella y Margot para hablar de cómo organizar la seguridad. Por mucho que la gente se hubiera relajado para disfrutar del momento, nadie había olvidado que acababa de empezar una guerra.

Después, Margot sometió el plan a la aprobación de Lily.

—Puesto que los de Braugne se irán de Calles el día después de la Mascarada, Jermaine ha dicho que el comandante quiere dejar una presencia armada en la ciudad. Dice que es para protegernos. —Margot la miró a los ojos—. ¿Has hablado de eso con Wulfgar?

Lily se quedó un momento sin aliento. Ordenó con mucho cuidado algunos papeles de su mesa. Un leve temblor recorría sus dedos.

—No —repuso—. No hemos hablado de nada de eso.

Margot le cubrió la mano con la suya.

—¿Qué ocurre?

"No tengo ni idea", quería decir Lily. "Me toca la cara y... Y cuando me besa, su boca parece desesperada. Pero su lobo me ha dado la espalda. Ha cambiado de idea y no sé por qué".

Carraspeó.

—Creo que es buena idea aceptar una presencia armada —dijo—. Si Varian decide vengarse por haber parado a sus magos del clima, nuestra fuerza es demasiado pequeña para que defendamos la ciudad solos.

—Estoy de acuerdo. —Margot movió la cabeza—. Y si me lo hubieras preguntado hace dos semanas, te habría dicho que de ningún modo.

Lily le dedicó una sonrisa torcida.

—Antes pensaba que la diosa quería que tomara una decisión importante, que nos llevaría por un camino o por otro. Ahora creo que todos afrontamos una serie de elecciones todos los días. Explorar esto, no hacer lo otro. Tomar la decisión correcta o la equivocada. Acceder a trabajar juntos. Violar la ley. Y nuestra vida se convierte en la suma de lo elegido en cada momento. Casi decidí ir a Guerlan para la Mascarada, pero cuando leí la invitación de Varian, sabía que íbamos a afrontar un invierno difícil y no quería gastar dinero.

Margot se estremeció.

—Me alegro de que no fueras.

—Yo también. —Lily miró su mesa—. Los planes son buenos, tanto para la seguridad de mañana por la noche en la Mascarada como para lo que pase cuando se marche el ejército. Los apruebo.

Cuando se marchó Margot, renunció a intentar trabajar y subió a su torre a sentarse a mirar las llamas de la chimenea. Sus pensamientos se formaban, giraban y volvían a formarse como un caleidoscopio. El paisaje cambiaba según cómo lo mirara.

El futuro estaba siempre lleno de un número casi infinito de caminos en potencia. Que hubiera soñado una vida con Wulf no le aseguraba que fuera a ocurrir. Ella precisamente tendría que recordar eso.

Se dio cuenta entonces de que hacía varios días que no tenía visiones.

Ta vez fuera porque, para la diosa, la elección crítica ya había tenido lugar. Quizá nunca se hubiera tratado de elegir a uno de los dos hombres que estaban en guerra el uno con el otro.

Tal vez la decisión crítica hubiera sido siempre si luchaba por salvar vidas inocentes, si elegía actuar para parar a los magos del clima y aceptar las consecuencias que conllevara eso.

De ser así, tal vez eso bastara para satisfacer a Camael, pero no era suficiente para Lily.

Wulf no fue a verla ese día.

Capítulo Diez

LA MASCARADA DE la noche siguiente en Calles fuera encantadora en todos los sentidos de la palabra.

Hogueras colocadas en lugares estratégicos ofrecían luz dorada y calor a todos los que necesitaran calentarse en mitad de las festividades. Los niños expósitos de la abadía jugaban sobre el hielo con los de la ciudad, vigilados por guardianes sonrientes.

En casi todas las esquinas de las calles tocaban músicos, y la comida… ¡Oh, la comida! La abadía transportó a través del estrecho carretas llenas de empanadas y pasteles, junto con pavos asados, jamones y cestas llenas de manzanas. Las tiendas estaban abiertas y los mercaderes de comida vendían su mercancía, pero lo procedente de la abadía era gratis para todos. Todo el mundo le aseguró a Wulf que ese año habían recortado en gastos. Los habitantes de Calles sabían bien que todavía afrontaban un invierno difícil.

Pero para los hombres que llevaban semanas comiendo raciones de campamento, era un verdadero festín, y había cerveza de sobra, que se podía comprar en las dos posadas. Aun así, ocho mil tropas eran muchas para que las absorbiera una ciudad pequeña, así que los soldados de Braugne se turnaron para que todos tuvieran ocasión de bailar, comer y beber un poco antes de que terminara la noche.

No todo el mundo llevaba máscaras. Jermaine había prohibido que las tropas disfrazaran su rostro. El riesgo para la seguridad era demasiado alto. Pero muchos habitantes de la ciudad y de la abadía sí llevaban disfraces y máscaras.

Después de todo, había un toque romántico en bailar con la esposa del carnicero, quien fingía ocultar su identidad detrás de una hermosa máscara de plumas de pavo real. O con el posadero del León Marino, que llevaba una cabeza de ciervo con cuernos, pero lo traicionaba su risa estridente.

Todo el evento, con la nieve de fondo, era tan encantador y pintoresco, que Wulf estaba deseando salir de allí.

Estaba preparado. Sus posesiones estaban empaquetadas. Tanto Karre como Mignez habían enviado las tropas que habían prometido en sus tratados, y seis mil hombres lo esperaban en la frontera de Calles con Guerlan. Su propio ejército marcharía también a la mañana siguiente, pero Wulf había planeado adelantarse esa noche con un grupo más pequeño.

Solo había una cosa que le impedía irse.

Lily todavía no había hecho su aparición.

Wulf se había colocado al principio de la calle, al lado del León Marino, apoyado en la esquina del edificio, con los brazos cruzados y mirando la multitud.

De pronto los niños bajaron corriendo por la calle gritando:

—¡Ya vienen! ¡Ya vienen!

La gente se apresuró a apartarse del centro de la calle para dejar sitio a la procesión de los dioses. Primero llegó la persona que interpretaba a Taliesin, saltando y girando calle abajo, llevando un disfraz que le hacía parecer mitad hombre y mitad mujer.

A continuación pasaron los otros dioses, vestidos todos con ropa acorde con sus papeles: la muerte, el amor, el oráculo, el dios de los dones y la ley.

Y por fin apareció la diosa del hogar y, por supuesto, era Lily. Ataviada con un vestido dorado que simulaba llamas, con el cabello moreno recogido detrás de la máscara de una mujer hermosa y sonriente, parecía un ser de otro mundo. Estaba magnífica, y la multitud, tanto la gente de la ciudad como los de Braugne y los de la abadía, rugió de alegría.

Wulf no alzó su voz con las de los demás. Cuando la vio, se le oprimió el pecho y lo envolvió un dolor tan fiero, que casi le hizo caer de rodillas.

Cuando Lily pasó a su lado, lo miró, y el oro de su traje se reflejó en sus ojos.

Wulf había pensado despedirse de ella en la Mascarada. No había tenido en cuenta que la multitud la rodearía cuando terminara la procesión de los dioses. Observó, con un toque de amargura, al largo grupo de gente alegre. Ella perdida en medio de ellos, demasiado pequeña para ser vista.

Muy bien, le escribiría una carta de despedida. Quizá fuera mejor así.

—Vuelvo al campamento —le dijo a Gordon, que andaba cerca—. Di a los demás de nuestro grupo que partimos en una hora.

—Sí, señor.

Cuando Wulf llegó al campamento, encendió una lámpara, sacó el cofre que contenía el material de escribir y se sentó a la mesa. Miró largo rato la página vacía, con el lápiz preparado, ¿pero qué podía decir?

Primero te deseé más que a nada en el mundo y despues me enamoré.

Y más tarde vi cuánto amas tu hermosa casa y te amo demasiado para separarte de ella.

Cerró los ojos y enterró la cabeza en las manos.

—Veo que estás preparado para partir —dijo Lily desde la entrada de la tienda.

Wulf no la había oído llegar. Su conjuro de camuflaje era muy bueno.

Atónito, se puso en pie.

—¡Por los siete infiernos!

Ella entró con expresión seria. Su cabello seguía recogido en alto, pero se había quitado el vestido dorado. Iba ataviada de negro, igual que él, con botas de montar negras, pantalones y un chaleco acolchado. Hasta sus guantes y su capa eran negros.

Se quitó los guantes y los dejó sobre la mesa.

—¿Pensabas irte sin despedirte? —Miró el lápiz y el papel y torció la boca con amargura—. O con una nota. Wulf, pasará mucho tiempo hasta que te perdone esto.

Por los dioses que necesitaba besarla una y otra vez. Arrancarle la ropa y hacerle el amor con toda el ansia angustiada de su corazón, hasta que los dos quedaran destrozados.

Le dio la espalda y se pasó las manos por el pelo.

—Pensaba hablar contigo esta noche.

—En la Mascarada.

—Sí, pero tendría que haber sabido que estarías rodeada de gente. Y sí, te iba a escribir una carta.

—Imbécil —susurró ella, con voz inestable.

Wulf la miró por encima del hombro y vio lágrimas en sus ojos. Parecía sentirse tan traicionada, que para él fue como si le clavaran un cuchillo en el pecho.

Pues muy bien. Que se sintiera traicionada. Tal vez así acabaría antes aquella tortura.

—Te amo —dijo él.

—Ya lo sé —contestó ella, con voz cortante—. ¿Y qué? Yo también te amo y jamás te dejaría así.

La distancia entre ellos se volvió intolerable. Wulf se acercó, le agarró los brazos y dijo con fiereza:

—Te amo y estoy metido en una guerra que acaba de empezar y este campamento… Lily, este campamento será lo mejor que veas. Huele a limpio, ¿verdad? Huele a fresco, porque está todo congelado. En los próximos años habrá más barro, sangre, peligro y hedor de los que puedas imaginar, y los combates serán brutales y nauseabundos. Y tú tienes un hogar increíble con una historia rica, un hogar que amas apasionadamente, y personas que te adoran. Tienes un lugar y una función y tu sitio está aquí.

Mientras hablaba, el rostro de ella se llenaba de lágrimas.

—Es cierto —dijo—. Amo apasionadamente este lugar. Por eso llevo seis meses preparando a Margot como primera ministra, porque, cuando me vaya, quiero dejar la abadía y Calles en las mejores manos y las más capaces.

—Lily, ¿qué dices? —preguntó él, sorprendido.

Ella le dio una palmada en el pecho.

—Digo que tú no puedes robarme mis elecciones y que te elijo a ti —gritó—. Te elijo a ti y no frente a Guerlan, sino frente a mi hogar.

La enormidad de aquello lo dejó sin palabras.

—¿Puedes alejarte de la abadía así sin más? —preguntó, cuando pudo hablar.

—No me voy así sin más —contestó ella. La luz creaba sombras profundas debajo de sus ojos—. He estado toda la noche en pie, pero… Sí.

—¡Por los dioses, amor! Es demasiado sacrificio por tu parte. —El cabello brillante de ella empezaba a soltarse de las horquillas. Wulf le apartó los finos mechones de la cara—. Cuando he empezado la carta, te iba a pedir que me esperaras y, si no podías, tendría que aceptarlo porque esto puede durar tanto…

Lily asintió y se limpió la nariz.

—O sea que mejor tomo mis bolsas y mi tienda, mis veinticinco sacerdotisas sanadoras, mis dos ayudantes y mis doscientos cincuenta Defensores y vuelvo a casa, te olvido y me enamoro de otro hombre. Está bien, Wulf. De acuerdo.

"Un momento. ¿Qué?". "¿Qué otro hombre?".

—¿Qué dices ahora? —rugió él. Captó por primera vez las implicaciones de su ropa. En la abadía y en la ciudad iba siempre andando, pero llevaba botas de montar—. Has hecho tu equipaje. Te has preparado para esto. Estás lista para partir.

Lily lo miró a los ojos con los labios apretados.

—Así es, Wulf. Estoy lista para partir. Y no te voy a esperar. O voy contigo ahora o me largo. No me quedaré años sentada en casa, preocupada y sufriendo por ti. Eres un hombre estúpido, así que no me gusta tener que decir esto, pero es tu decisión.

—Lily —musitó él.

Más que tener milagros bailando como luciérnagas a su alrededor, ella misma era un milagro tan enorme, que Wulf la estrechó contra su pecho por miedo a que volviera a desaparecer. Ella lo abrazó por la cintura y lo estrechó también con fuerza.

Wulf enterró el rostro en el pelo de ella.

—Tú haces que quiera ser mejor de lo que soy —dijo—. Por eso intentaba ser un hombre mejor.

—Yo no me he enamorado de un hombre mejor —susurró ella—. Me he enamorado de ti.

Ante la enormidad de la elección de ella y la profundidad de sus sentimientos, sólo había una cosa que él pudiera decir. Solo había una cosa que quisiera decir

—Quédate. Va a ser duro, pero quédate conmigo, mujer hermosa y valiente. —Le alzó la cara y la besó—. Eres mucho más de lo que merezco.

Lily le puso una mano en la nuca.

—Eso no hace falta que lo digas.

Wulf volvió a besarla una y otra vez. Las curvas suaves y exquisitas de su boca lo cautivaban.

—¿Me vas a regañar un rato?

La joven le devolvía beso por beso.

—De eso puedes estar seguro. Quizá me lleve un mes o dos.

—Lo que necesites, amor mío. —Wulf le desabrochó la chaqueta, tomó un pecho suave en su mano y apretó los dientes—. ¡Dioses! ¡Cómo te deseo!

—Yo también te de… —empezó a decir ella, pero entonces se alzó la puerta de la tienda.

—Señor, estamos listos para partir —dijo Gordon, entrando—. ¿Sabéis que también tenemos algunas sacerdotisas y Defensores esperando en el límite del campamento?

Wulf se quedó paralizado y apartó lentamente la mano del pecho de ella. La miró a los ojos y Lily sonrió.

Esta es la primera de muchas interrupciones que predigo en nuestro futuro, dijo telepáticamente.

¡Gracias a la diosa que estoy enamorado de una mujer que sabe proteger sus límites!, repuso él.

La sonrisa de ella se hizo más amplia. Wulf se volvió hacia Gordon.

—Cambio de planes. Partiremos por la mañana con el

resto de las tropas. Por favor, encárgate de que las sacerdotisas y los Defensores tengan una zona apropiada para acampar esta noche. Su Excelencia necesitará a alguien de su gente cerca, pero mañana dilucidaremos en qué parte de la formación va cada uno. Eso es todo por esta noche.

Gordon agachó la cabeza.

—Buenas noches, señor. Excelencia… —dijo al suelo.

Wulf miró a Lily.

—He vuelto a hablar por ti.

—Está claro que necesitas entrenamiento —dijo ella. Soltó un grito ahogado cuando él la atrajo hacia sí y la besó en la boca. Ahondó en el beso, jugando con la lengua, con el deseo repiqueteando un ritmo urgente en su sangre.

La lengua de ella se batía con la suya y sus dedos recorrían el cuerpo de él, primero para desabrocharle la chaqueta y después la camisa. Wulf se apartó. La tienda estaba fría y los braseros apagados. Las mantas y pieles de su cama estaban enrolladas y recogidas. Todo aquello era crudo y poco elegante, y no le importaba.

Mientras agarraba una manta enrollada y la sacudía, le quitaba la ropa a ella. Lily se volvió hacia él, completamente desnuda. Y la visión de su espléndido cuerpo hizo que las llamas de deseo de él fueran más altas y calientes.

La envolvió en la manta, agarró las capas de ambos y la llevó hacia el camastro con las manos de ella recorriendo con ansia la piel desnuda del pecho de él.

Estaba tan duro y excitado, que dijo entre dientes:

—Dímelo ahora, amor. ¿Cuánto cuidado debo tener?

Lily lo miró un momento con rostro inexpresivo, pero luego entendió lo que quería decir.

—No soy ninguna virgen, Wulf. No tienes que ir con mucho cuidado.

Eso era lo que necesitaba saber él. La tumbó de espaldas en el camastro y se colocó encima. ¡Por los dioses!, ¿cómo era posible que no la hubiera reclamado antes otro? Buscaría a todos sus examantes y les aplastaría la cara en el polvo… No, un momento, aquello seguramente sería desequilibrado por su parte.

Tenía que tocarla en todas partes, saborear cada curva y cada recodo, y mientras se deleitaba con su cuerpo, ella ondulaba bajo sus manos, agarrándolo, acariciándolo y lamiéndolo, hasta que el fuego alcanzó tal intensidad, que solo podía extinguirlo penetrándola muy hondo.

Juntos encontraron un ritmo propio, y fue el mejor de todos los bailes. El dar y el recibir, los jadeos, la cima exquisita del placer y el suspiro de la descarga, todo eso fue creando el ritmo al cual bailaban.

Cuando terminó, Wulf estaba temblando. Ella había terminado antes y lo abrazaba con todo su cuerpo, con los brazos y las piernas apretados a su alrededor. Wulf la miró a los ojos y le apartó el pelo húmedo de la cara.

Con el corazón latiendo todavía con fuerza, y todavía dentro de ella, susurró:

—Volveré a hacerte daño, pero siempre lo lamentaré cuando pase. Intentaré no hacerlo, pero la vida no funciona así.

—No, no funciona así —susurró ella a su vez.

—Pero te juro una cosa. Siempre te seré fiel. —La miró con fiereza—. Siempre.

Lily lo miró y él tuvo un momento para preguntarse qué veía. Cuando una sonrisa iluminó su rostro, fue como ver salir el sol por la mañana.

—Sí —contestó ella—. Veo que lo serás.

Wulf pensó que era lo menos que podía hacer. Ella era

su milagro, y los dioses sabían que poca gente tenía la oportunidad de tener uno.

Utilizaron ambas capas y se instalaron juntos lo mejor que pudieron. Al día siguiente habría retos. Una guerra en la que luchar, un imperio que construir...

Pero retos había siempre.

También habría la oportunidad de volver a bailar con ella.

Y antes de quedarse dormido, Wulf se preguntó si quizá ninguna historia tenía un final.

Quizá siempre existiera solo el principio.

¡Gracias!

Queridos lectores:

Gracias por leer *La Elegida*. Espero que hayan disfrutado la historia de Wulf y de Lily tanto como disfruté yo escribiéndola.

Si quieren estar informados de nuevas publicaciones, pueden:

- Apuntarse a mi email mensual en:
  www.theaharrison.com
- Seguirme en Twitter en @TheaHarrison
- Hacer clic en "Me gusta" en la página de Facebook en
  facebook.com/TheaHarrison.

Los comentarios ayudan a otros lectores a encontrar los libros que les gusta leer. Agradezco todos y cada uno de los comentarios, tanto positivos como negativos.

¡Feliz lectura!
Thea.

Otros títulos de Thea Harrison en inglés (y en español)

LA SERIE RAZAS ANCIANAS — NOVELAS COMPLETAS

Publicadas por Berkley

El beso del dragón

Otros títulos de Thea Harrison en inglés

LA SERIE RAZAS ANCIANAS — NOVELAS COMPLETAS

Publicadas por Berkley

Dragon Bound

Storm's Heart

Serpent's Kiss

Oracle's Moon

Lord's Fall

Kinked

Night's Honor

Midnight's Kiss

Shadow's End

TRILOGÍA SOMBRA DE LUNA

Moonshadow

Spellbinder

Lionheart

NOVELAS CORTAS DE RAZAS ANCIANAS

True Colors

Natural Evil

Devil's Gate

Hunter's Season

The Wicked

Dragos Takes a Holiday

Pia Saves the Day

Peanut Goes to School

Dragos Goes to Washington

Pia Does Hollywood

Liam Takes Manhattan

Planet Dragos

La Elegida

SERIE JUEGO DE SOMBRAS
Publicada por Berkley

Rising Darkness

Falling Light

NOVELAS ROMÁNTICAS CON EL SEUDÓNIMO DE
AMANDA CARPENTER
Publicadas en Ebook por Samhain Publishing
(Publicación original en Harlequin Mills & Boon)
*Estos libros están actualmente descatalogados

A Deeper Dimension

The Wall

A Damaged Trust

The Great Escape

Flashback

Rage

Waking Up

Rose-Coloured Love

Reckless

The Gift of Happiness

Caprice

Passage of the Night

Cry Wolf

A Solitary Heart

The Winter King